우리는 우리의 삶을 여기서.

부디 건강하시기를.

연년세세

年年歲歲

황정은
연작소설

연년세세

年年歲歲

황정은
연작소설

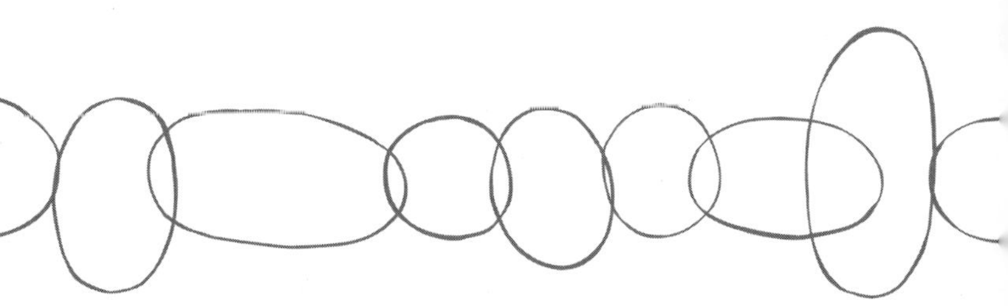

창비

순자씨에게

차례

파묘破墓

추석 지난 뒤, 땅이 얼기 전에.

이순일은 여러차례 그렇게 말했고 이제 그때가 되었다. 11월 둘째 주였다. 한세진은 아침 여섯시에 차를 몰아 집을 나섰고 별다른 막힘 없이 올림픽대로를 달려 이순일이 사는 집에 도착했다. 셔터를 내린 차고 앞에 차를 바짝 붙인 뒤 엔진을 끄자 바로 시트가 식었다. 추운 날이었다. 해가 완전히 뜨고 나면 기온이 조금 오르겠지만 그날의 목적지는 군사분계선 근처였고 이맘때 그곳의 한낮은 여기 밤보다 추웠다. 매년 그랬다.

한세진은 들고나는 차들의 무게로 들뜨고 부서진 주차장 바닥을 내려다보며 머리를 다시 묶은 뒤 4층으로 올라갔다. 이순일이 짐을 다 꾸려둔 채 기다리고 있었다.

녹두전, 고추전, 고기볶음을 담은 밀폐용기, 사과, 배, 술 한병을 담은 종이 가방과 그보다 작은 배낭 한개. 이순일은 이번에 그릇을 가져가고 싶다고 말했다. 스티로폼이나 은박 말고, 진짜 접시들. 이번이 마지막이니까. 한세진이 배낭을 집어 들자 안에 든 접시들이 묵직하게 늘어지며 왈그락 소리를 냈다. 아마 깨질 거라고, 깨져도 괜찮은 그릇들이냐고 한세진이 묻자 이순일은 왜 깨지냐고, 조심하면 깨지지 않는다며 도로 가져올 그릇들이라고 답했다. 한세진은 더 말하지 않고 짐을 아래층으로 옮겼다.

한세진은 짐을 전부 트렁크에 넣고 뒷좌석에 담요 한장을 펼친 뒤 차에 시동을 걸어 열선을 작동시켰다. 이순일이 4층에서 1층까지 계단을 다 내려와 현관에 나타났을 때 한세진은 자동차 앞에 쪼그리고 앉아 주차장 바닥을 살피고 있었다. 엄지보다 두껍고 뭉툭한 나사 두개가 녹슬고 짓눌린 채 바닥에 솟아 있었다. 주차방지 장치의 흔적이었다. 그 집 주차장에 멋대로 차를 대고 사라지곤 하는 이웃들을 막기 위해 한세진의 형부가 설치한 것이었는데 세입자들과 본인의 차가 드나들기에도 불편하고 번거로웠는지 어느날엔가 제거되었고 바닥에 깊이 박힌 나사 두개만 남았다. 날카롭지는 않았지만 어느 우연한 각도로 차량이 그 위를 지나갈 때 타이어가 뚫리기엔 충분해 보였다. 지난번 이 집을 방문했을 때 한세진은 그 나사들이 좀 위험할 수 있겠다고 이순일에게 말했고 이순일은 그 말을 네 형부에게 전해주마고 대꾸했다. 이게 그대로 있네, 한세진이 일어서며 말하자 이순일은 얼굴을 찡그리며 머리를 절레절레 저었다. 전했는데 끝내 제거하지 않더라는 뜻인지 눈치를 살피느라 아직 말도 꺼내지 못했다는 뜻인지. 한세진은 그런 것은 묻지 않고 이순일이 뒷좌석에 앉는 것을 도왔다. 오른쪽 보행을 돕는 두랄루민 지팡이를 받아 트렁크에 넣고 콘솔 박스에 불편한 다리를 얹을 수 있도록 신발을 벗긴 뒤 부은 무릎에 담요를 덮어주었다. 이순일은 짧은 챙이 달린 털실 모자를 썼고 솜을 넣고 누빈 바지에 주홍색과 갈색이 어지럽게 섞인 카디건을 입었으며 폭이 좁은 편물 목도리를 목에 두르고 있었다. 그렇게 입고 춥지 않겠느냐고 한세진이 묻자 이순일은 안에 여러겹 입었다며 손으로 배를 두드려 보였다. 등산화도 챙겼다. 한세진의 언니인 한영진이 단 한번 사용하고 수년째 내버려둔 등산화가 어디 박스 속에 아주 말끔하게 있더라며 본인에게는 조금 크지만, 산에 오르기 전에 양말을 한겹 더 신으면 딱 맞을 거라고 이순일은 말했다. 그들은 출발했다.

북동 방향으로 올라갔다. 시속 100킬로미터로 원활하게 나아간다면 목적지까지 두시간 반쯤 걸리는 거리였다. 강원도 철원군 갈말읍 지경리. 거기 어디쯤에 할아버지의 묘가 있었다. 한세진도 이순일도 할아버지,라고 부르는 그는 이순일에게 할아버지였고 한세진에게는 외증조부였다. 그의 묫자리는 최전방 부대가 자리 잡은 산속이었는데 그 산엔 그의 묘뿐 아니라 지경리 이민들의 묘가 얼마간 흩어져 있었다. 거기로 올라가려면 부대를 통과해야 했다. 그 산에 제사 드릴 묘를 둔 지경리 사람들은 매년 추석 즈음, 음식을 꾸린 보따리와 예초기를 짊어지고 부대 앞에 모였다가 초소에 신분증을 맡기고 산으로 올라갔다. 장총을 지닌 군인이 각 가정당 한명이나 두명씩 동행했다. 이순일은 1980년대 중반부터 매년 그 산으로 성묘를 다녔고 한세진이 면허를 따고 자기 명의의 차를 가진 뒤로는 한세진과 동행했다. 추석이 다가오면 이순일은 어렸을 때 이웃사촌으로 지낸 지경리 사람에게 전화를 걸어 마을에서 입산 날짜를 어떻게 논의하고 있는지, 언제로 잡았는지를 물은 뒤 한세진에게 전화를 걸어 그해 성묘 일정을 알렸다.

곶감 먹자.

이순일이 꼭지를 떼어내고 반으로 가른 곶감을 운전석 쪽으로 내밀었다. 한세진은 전방에서 눈을 떼지 않은 채 곶감을 받아먹었다. 차는 가볍게 앞으로 나아갔다. 해가 뜨고 있었고, 도로 오른편으로 산안개가 그 아래 펼쳐진 논을 향해 느릿느릿 움직이고 있었다. 도로 흐름이 원활해 늦지 않게 도착할 수 있을 것 같다고 한세진은 말했다. 이순일은 인부들이 벌써 산으로 올라가지는 않았는지를 걱정하며 더 일찍 출발했어야 하는 건 아니었느냐고 걱정했다. 삽을 대기 전에 마지막 상을 올려야 하는데. 이순일은 지경리보다 더 위쪽인 갈골에서 태어났고 거기서 부모와 사별한 뒤 지경리 할아버지에게 맡겨졌다. 본래도 많지 않았던 일가친척은 대부분 한국전쟁의 전선이 38선 부근에서 오르락내리락하는 와중에 묻힌 곳도 간 곳도 모르게 사라졌고, 살아남은 혈육인 할아버지가 나이 다섯인 이순일을 거둬 밥을 먹이고 심부름도 시키고 하다가 손녀 나이 열다섯 때 먼 친척이 산다는 김포로 보냈다. 이순일은 거기서 시장 일을 돕다가 시장 상인의 중매로 만난 한중언과 결혼했다. 길이 멀고 교통도 편치 않아 결혼식에 노인이 못 올 거라고 생각했는데, 할아버지가 낡은 솜두루마기를 입고 찾아와 결혼식장에 앉아 있다가 국수를 먹고 갔다고, 이순일은 한세진에게 말하곤 했다.

할아버지는 1978년에 지경리에서 죽었다. 마을 남자 서넛이 새벽에 그의 관을 지고 산으로 올라가 중턱쯤에 묻었다. 한세진은 그를 만난 적은 없었지만 얼굴을 알았다. 그의 사진을 넣은 액자가 가족사진들과 같이 벽에 걸려 있었다. 뻣뻣한 백발에 챙 없는 헝겊 모자를 눌러쓰고 수염이 텁수룩하게 자란 얼굴을 정면에서 찍은 사진이었다. 얼굴과, 사진에 드러난 표정만 봐도 키가 아주 작은 사람이라는 것을 알 수 있었다. 이마며 눈썹이며 눈이며 코가 동글동글한 것이 이순일과 닮은 얼굴이었다. 어릴 때부터 그 사진이 걸린 공간에서 그것을 멍하니 혹은 골똘히 올려다보며 살아서인지, 한세진에게 그는 여러번 만난 사람 같았다. 매년 그에게 간단한 안부를 묻는 정도의 심정으로 성묫길에 동행했다. 한세진이 같이 가기 전에는 이순일이 몇번이고 버스를 갈아타며 혼자 그 길을 다녔다. 한영진이나 한중언은 그럴 생각이 없어서, 한중언의 장남이자 한씨 집안의 막내인 한만수는 너무 어리거나 길을 몰라서, 그 길에 동행한 적이 없었다.

한영진과 한중언은 거기 뭐가 있다고 매년 기를 쓰고 가느냐는 입장이었다. 해마다 사람 키만큼 자란 풀들을 낫으로 끊어내며 가야 하는 마른 도랑과 뱀이 늘어져 있곤 하는 덤불, 햇볕을 제대로 받지 못해 휘어진 나무와 이끼들, 볼품없이 이지러진 봉분과 멧돼지가 다녀간 흔적들, 묘를 둘러싼 밤나무, 소나무의 침묵을 그들은 몰랐다. 이순일이 매년 낫으로 길을 내며 거기로 올라가는 이유를 한세진은 이해했다. 엄마에게는 거기가 친정일 것이다. 그 묘가.

할아버지.

나두 이제 할머니가 되었어.

내년엔 못 올지도 몰라요.

최근 서너해 동안 이순일은 묘를 향해 그렇게 말하곤 했는데 올해가 정말 마지막이었다. 이순일은 일흔둘이었고 내년엔 양쪽 무릎에 인공관절을 넣을 예정이었다. 산에서 나고 자라 능숙하게 산비탈에 달라붙어 두릅이며 고사리를 캐곤 하던 이순일은 이제 평지에서도 지팡이가 없으면 걷지 못했고 통증 때문에 얼굴을 찌푸리며 천천히 걸었다. 길도 없는 산을 오르내리는 일을 이제 감당하기가 어려워 올해가 마지막, 올해가 마지막, 하며 몇년을 버텼는데 더는 할 수 없다. 이순일이 마침내 그것을 인정한 게 올 초였다. 이순일은 찾아오는 이도 없이 버려진 듯 산속에 남을 묘를 걱정하더니 파묘해 없애기로 결정했다. 어차피 자기가 죽고 나서는 아무도 찾아가지 않을 무덤이니까.

—

묘를 파내고 유골을 수습해줄 인부는 둘이었고 둘 다 지경리 인근에 사는 농부였다. 그 마을에서 태어나 여태 거기서 살고 있는 사람들. 이순일은 그들을 아저씨,라고 불렀다. 그 아저씨들이 장례업도 겸하고 있느냐고 한세진이 묻자 이순일은 아니라고, 전에 그 일을 해봐서 그냥 하는 사람들이라고, 누가 들을까 염려하는 것처럼 속삭였다. 추석 지난 뒤. 날을 그렇게 잡은 이유는 농부인 그들이 농작물을 수확하고 축사를 돌보는 와중에 본인들 집안의 제사와 명절을 준비하느라고 바쁘기 때문이었다. 그런 이야기를 하며 고속도로를 타고 북쪽으로 올라가는 길이었다. 너 언제 집에 들어와 살 거냐고 이순일이 물었다. 한세진은 덮개도 없이 골재를 싣고 가는 트럭을 피해 차선을 변경하느라고 그 말을 제대로 듣지 못했다. 뭐라고요?

언제까지 혼자 그러고 살 거냐고. 이제 그만 집에 들어와 살림 물려받을 준비해야지.

내가요?

나 죽고 나면 그거 누가 하냐.

그걸 누가 해.

니가 해야지. 니 언닌 자기 살림 있으니까 니가 들어와

해야지.

나는 내 살림 해야지.

너 하는 게 살림이냐.

살림 아니면.

결혼도 안 하고 사는 게 그게 무슨 살림이냐.

내 집에서 나 사는 게 살림이지. 내 살림도 바쁜데 내가 어떻게 엄마 살림을 해요.

그러니까 한시라도 바삐 들어와 배우라고 나 죽기 전에.

왜 자꾸 죽는다 그래.

내가 이러고 오년을 더 사냐 십년을 더 사냐.

못됐다. 그렇게 말하지 마요.

야 못됐다고 하냐 엄마한테.

말을 못되게 하니까.

이년이.

이순일은 곶감을 다 먹고 빈 봉투를 한줌이 되도록 구겼다. 이 곶감을 수정과에 띄우려고 샀는데 부엌에 일이 너무 많아 계피 끓일 짬도 내지 못해 이렇게 야곰야곰 다 먹고 말았다며 한숨을 쉬었다. 이순일의 부엌, 거기엔 항상 일이 넘쳐 편수 냄비며 스테인리스 함지 따위가 양념이 묻은 채 쌓여 있었다. 이순일은 거기서 그 집 4층과 5층, 두 가정에서 먹을 음식을 만들었다. 필로티 구조로 1층에 주차장을 둔 5층 단독빌라인 그 건물은 한영진의 시가 재산이었다. 이순일과 한중언은 맞벌이하는 장녀 부부의 살림과 육아를 도우러 삼년 전 그 집 4층으로 들어갔다. 이순일은 아파트 경비원으로 일하는 한중언의 아침 식사를 차리려고 새벽에 일어났다가 그 상을 치우기도 전에 5층으로 올라가 두번째 아침상을 차리고, 다섯살, 세살인 손주들의 어린이집 등원을 도운 뒤엔 구정물과 기름 얼룩으로 더러워진 앞치마를 벗을 틈도 없이 아래위층을 오가며 두 집 가사를 돌보았다. 이순일은 낮에 한세진에게 전화를 걸어 내가 움직임이 예전만 못해 식사를 준비하고 상을 치우고 빨래를 너는 일만으로도 하루가 다 간다고 말하곤 했다. 네 형부가 뭘 맛있게 먹질 않는다, 입이 짧아 병아리 눈물만큼 먹고, 기껏 아침을 차리면 쓱 보고 지 입에 다디단 것만 몇점 먹고, 아니면 컵라면이나 뜯어 먹고 쌩하니 나간다, 이 나이에 사위 집에서 이렇게 눈치를 보며 살 줄은 몰랐다고 이순일은 한탄했다. 그런 얘기를 이순일은 한세진에게만 했다. 한영진에게는 할 수 없는 이야기였고 한만수는 너무 멀리 있었다. 한세진은 가끔 이순일의 피로에 책임을 느꼈지만, 그 집 구석구석에 쌓이고 있는 엄마의 피로와 엄마의 후줄근한 크록스 샌들 같은 것이 자기의 무능 탓인 것 같은 순간도 있었지만, 대개는 그 이야기들을 그냥 들었다. 그래 엄마, 그래요, 하면서.

그들은 아홉시 조금 넘어 산 인근에 도착했다. 한세진은 매년 가는 길인 군부대로 진입하는 시멘트 길에서 벗어나 넓은 논으로 이어지는 흙바닥으로 차를 몰아갔다. 조그만 탑처럼 생긴 건물 뒤편의 그늘진 자리에 숨기듯 차를 세웠다. 슬레이트로 만든 엉성한 문짝이 달린 건물이었는데 농기구를 보관하는 창고인 것 같았다. 한세진이 그걸 바라보고 있는 동안 이순일은 그날의 일행과 통화했다. 아저씨들이 벌써 산으로 올라갔다는데. 이순일이 불안한 기색으로 전화를 끊으며 말했다. 마중 나오겠대. 한세진은 차에서 내려 트렁크를 열고 산으로 가져갈 짐을 챙겼고 이순일은 양말을 한겹씩 덧신은 뒤 등산화를 신었다. 두 사람은 경운기 바큇자국으로 움푹움푹 팬 흙

바닥에 서서 바로 앞에 펼쳐진 논을 바라보았다. 드문드문 서리로 덮인 논바닥은 짙은 색이었고 그 논 너머에 산이 있었다. 내려온대요? 내려온대. 이 넓은 데 어디로 내려온대. 내려온대. 한세진과 이순일이 그런 대화를 나누며 50여 미터 떨어진 산자락에 멍하니 눈을 두고 있을 때 한 손에 낫을 든 남성이 덤불 사이로 나타나 그들을 향해 팔을 흔들더니 논을 건너오라고 손짓했다. 이순일이 성묘 일정을 묻기 위해 연락하는 옛 이웃사촌, 김근일이었다. 이순일과 한세진은 벼 밑동만 남은 논을 가로지르기 시작했다. 그들이 논을 건너는 동안 김근일이 낫으로 잔가지와 덤불을 끊어내며 길을 내고 있다가 인부들이 벌써 위에서 작업하고 있다는 소식을 알렸다. 이순일이 깜짝 놀라 물었다. 이렇게 일찍이요?

아유, 아홉시면 여기선 일찍도 아니야. 우린 새벽에 올라왔어.

따라오라며 그가 앞장섰다. 한세진은 마른풀에 신발 바닥을 비벼 진흙 덩어리를 떼어낸 뒤, 김근일이 방금 젖히고 들어간 덤불을 바라보았다. 거긴 경사가 급한 비탈이었다. 엄마가 여기로 올라갈 수 있을까? 한세진은 좌

우를 둘러보며 경사가 더 완만한 곳을 찾아보려고 했지만 눈에 띄지 않았다. 김근일은 벌써 멀리 갔는지 자취도 없었다. 한세진은 어깨에 걸고 있던 배낭과 종이 가방을 바닥에 내린 뒤 이순일을 향해 돌아섰다. 여러차례 위태롭게 미끄러져가며 이순일을 밀어 덤불 너머로 보낸 뒤 짐을 도로 챙겨 비탈을 올라갔다. 가을 산이었다. 사람 발길이 좀처럼 닿지 않아 낙엽들이 떨어진 그대로 삭고 있는 바닥은 푹신했는데 마른 나뭇가지들이 이따금 그 속에서 부러지며 발목을 찔렀다. 큰 나무에서 떨어진 씨앗에서 발아해 그늘에서 자라고 있는 작은 나무들이 방심할 수 없는 간격으로 가지를 뻗고 있었다. 한세진은 깔고 앉으려고 챙겨온 무릎 담요를 글러브처럼 왼손에 감았다. 이순일이 지나가기 좋도록 그걸로 가느다란 나뭇가지들을 누르거나 밀어내며 앞서 걸었다. 멀찍이 앞서갔던 김근일이 줄곧 뒤처지는 모녀를 챙기러 비탈을 도로 내려왔다가 다시 앞서갔다. 감색 점퍼를 입은 그의 등짝과 반백 머리가 나무 사이로 보이다 말았다 했다. 한세진과 이순일은 그를 완전히 놓치면 가만히 서 있다가 낫으로 나뭇가지를 치는 소리를 듣고 방향을 잡아 다시 올라갔다. 묘 근처에 이르러서야 전에 본 듯한 지형을 알아볼 수 있었다.

봉분은 이미 파헤쳐 사라졌고, 그 자리엔 길쭉하고 좁고 깊은 구덩이가 있었다. 입자가 고운 주홍색 흙이 구덩이 가장자리에 더미로 쌓여 있었고 그날의 파묘꾼으로 고용된 인부 둘 중 한 사람이 장화를 신은 채 구덩이에 들어가 삽질하고 있었다. 구덩이의 깊이가 그의 키만 했다. 한세진은 이순일의 얼굴이 상심, 그리고 티 내지 못할 짜증으로 일그러지는 것을 보았다. 아니 아저씨들, 나 우리 할아버지한테 제사 먼저 드리려고 했는데. 이순일이 명랑한 어조로 탓하자 흙더미 곁에 웅크리고 앉아 구덩이 속의 작업을 지켜보던 인부가 말했다. 우리가 술 한잔 올렸어.

이따가 모시고 내려가서 올려요 아줌마. 화장할 때.

그들은 오전 여섯시에 산으로 올라왔으며 지금 세시간째 땅을 파고 있다고 말했다. 한 사람은 장화를 신었고 다른 한 사람은 농협 마크가 톡톡한 자수로 들어간 모자를 썼다. 둘 다 이순일과 비슷한 또래의 노인이었다. 빡

이 푹 꺼진 얼굴은 균일하게 햇볕에 그을렸고 체구는 작고 말랐으며 삽을 능숙하게 다루었다. 그들은 불필요하게 힘쓰는 일을 줄이기 위해 가급적 좁은 면적으로 땅을 파고 있는데 유골이 여태 나오질 않는다며 방향을 잘못 잡은 것은 아닌지를 걱정하고 있었다. 오전 아홉시 오십분이었다. 관솔이 나와야 한다고 김근일이 말했다. 시신만 넣고 소나무 가지로 덮었어. 당시엔 그랬어. 부자들만 관째 묻었지 안 썩는 돌관만. 그러나 그거 다 낭비고 소용없다고, 나무가 결국 돌도 뚫는다고 김근일은 덧붙였다. 장화를 신은 인부가 지표로 올라오고 모자를 쓴 인부가 구덩이로 내려갔다. 삽질이 이어졌다. 이순일은 지팡이를 짚고 구덩이 주변을 서성이다가 한세진이 짐을 내려놓고 앉아 있는 소나무 아래로 왔다. 한세진은 이순일이 바닥에 앉는 것을 도왔다. 그들은 구덩이 쪽을 바라보며 인부들과 김근일이 나누는 대화를 들었다.

땅속이 온통 잔뿌리야.

소나무지?

소나무지.

소나무니까 잘리지. 아까시였어봐.

그건 질기고 이건 연하지.

소나무 뿌리가 연하지.

오래전에 네 아버지하고 여기 온 적 있었다고 이순일이 말했다. 버스를 타고, 그때는 제대로 포장되어 있지 않아서, 차창 밖이 보이지 않을 정도로 흙먼지가 이는 길을 몇시간이고 왔다고, 지금처럼 여기로 편하게 올라오는 길도 없어서 능선을 타고 이리저리 돌아서 마침내 묘에 다다랐는데, 절할 때 보니 네 아버지가 저만큼 떨어져서 뒷짐을 진 채 굳이 돌아서 있더라, 그래 이처구니가 없어서, 거기서 뭘 하느냐고 이리 와서 절 올리라고 말했더니 처가 쪽 산소엔 벌초도 하지 않는 법이라고 잡소리를 하기에 너무 당혹스럽고 열받아 그걸 말이라고 하느냐고, 얼른 절 올리라고 역정을 냈는데 그걸 듣고도 뒷짐 지고 서 있더라며 그뒤로 야속하고 징그러워 같이 오자고 하지 않았다고, 네 아버지와 동행한 것은 그것 딱 한번으로 그쳤다고 이순일은 말했다.

이순일은 엉덩이 밑에서 작은 솔방울을 빼낸 뒤 밀가루 반죽이라도 되는 것처럼 그걸 쥐었다 놓았다 하다가 서쪽 비탈을 향해 던졌다. 솔방울이 나무 사이로 톡, 소리를 내며 사라졌다. 저쪽이 갈골이라고 이순일은 말했고 그건 한세진도 아는 바였다. 가본 적은 없었지만 매년 저쪽이 갈골이라고, 들었으니까.

갈골엔 이순일이 물려받은 산이 있었다. 이순일이 어렸을 적에 사망한 아버지 것이었으나 임자 없는 산으로 신고되어 국가 재산에 속할 뻔했다가 인근 노인들의 증언으로 되찾은 산. 이순일은 그 산을 남편인 한중언의 명의로 등록했고 한중언은 그 산을 한만수에게 물려줄 계획이었다. 한중언은 세금 내는 것을 잊지 않았고 문서를 소중하게 간직했으며 매년 여기저기에 전화를 걸어 그 산의 가치가 올랐는지, 얼마나 올랐는지를 알아보았다. 사람이나 장비가 드나들기 어려워 부동산 가치랄 것이 거의 없고 팔고자 내놓아도 살 사람이나 기관이 없어 거래 자체가 어려운 산이었는데 그것 하나를 한중언은 자부로 간직하고 있었다. 아들에게 물려줄 산이 있다.

한만수는 경기도권에 속한 대학 영문과에 들어가 띄엄띄엄 장학금을 받으며 학사과정을 마친 뒤 구직활동에 들어갔는데 면접 단계에서 번번이 미끄러졌다. 한영진을 제외한 가족이 한집에 모여 살 때였는데, 한세진은 당시의 한만수를 기억했다. 면접을 마치고 돌아온 그대로 쪼그리고 앉아, 길고 좁은 몸통에 좀 헐렁해 보이는 양복을 걸친 채, 늙은 개의 머리를 하염없이 쓰다듬던 뒷모습 같은 것을. 그 애는 이제 뉴질랜드에 있었고 전문직업인 자격증을 따는 데 필요한 수업을 듣고 있었다. 과정을 전부 마치고 나면 바로 취업할 거라고, 벌이가 꽤 괜찮은 직업이라고 한만수는 누나들에게 말했다. 한세진은 먼 데 있는 막내에게 가끔 용돈을 보냈다. 한영진은 학비를 보탰다. 그 정도의 도움으로는 완전한 해결이 어려운 학비며 생활비를 버느라고 노동을 중단한 적이 없었지만 어쨌거나 거기에서 한만수는 여기에서처럼 낙담에 잠겨 있지는 않은 것 같았다. 그 애는 잘 적응한 것 같아. 한만수에 대해 한영진은 그렇게 말하곤 했고 한세진도 그렇게 생각했다. 한국에서 숨 쉴 틈도 찾지 못하고 풀 죽어 지내던 막내는 이제 자신이 속한 사회에서 좋은 사람으로 살고 있는 것 같았다. 스카이프나 카카오 영상통화를 통해 표정을 보고 목소리를 들으면 알 수 있었다. 한만수는 누나들에게 착실하게 소식을 알려왔고 미래에 자신이 일할 직종에서 열심히 아르바이트를 해 훌륭한 평판을 쌓고 있다고 말했다. 그는 15개월이나 24개월 단위로, 캐드버리 초콜릿과 콤비타 벌꿀 캔디와 마누카 꿀을 사서 한국으로 돌아왔고 한영진의 집이나 그 아래층에서 삼주쯤 머물다 갔다.

그 애가 갈골의 산을 물려받기 위해 한국으로 돌아올 것 같지는 않다고 한세진은 생각했다. 도토리 한알 줍지도 못할 산을 가지고 그 애가 뭘 할까. 그 애가 아니라도 누구든 그걸 가지고 뭘…… 구덩이 속에서 김이 올랐다. 햇볕이 구덩이를 향해 직사로 쏟아지고 있었는데 누군가 더운물을 부은 것처럼, 그 쨍한 볕 속으로 김이 오르고 있었다. 파묘 때 김이 오르면 예사롭지 않다던데. 이순일이 걱정하는 기색으로 말하자 구덩이 곁에서 팔짱을 끼고 서서 작업을 지켜보던 김근일이 흔한 일이라고 대답했다. 땅속이 따뜻해서 그렇다, 여기가 양지라서.

이순일은 지팡이를 짚고 일어나 김근일의 곁으로 갔다.

안 나와요?

안 나오네. 꺼면 흙이 나와야 되는데.

깊이도 묻었나봐.

그렇지 뭐.

……노인네 불쌍하게 고생만 하다가 갔는데.

옛날에 고생 안 한 노인 있나. 요즘은 먹으면서나 고생하지. 옛날엔 먹지도 못하고 고생했다.

한세진은 흙이 몇삽 더 구덩이 밖으로 나온 뒤 색이 다른 흙덩어리들이 나오는 것을 보고 소나무 아래에서 일어났다. 퍽퍽하게 부서지는 붉은 흙이 아니고 노랗고 거무스름하게 덩어리진 흙이었다. 검은 나뭇조각처럼 보이는 것들이 그 속에 섞여 있었다. 구덩이 밖에서 교대를 기다리던 파묘꾼과 김근일이 흙을 뒤져 뼈를 골라냈다. 이순일이 그 주변을 서성이다가 그들이 뒤지고 남긴 흙에 남은 뼈가 없는지 다시 뒤졌다. 꺼먼 건 다 가져가. 김근일이 말했다. 아무튼 꺼먼 건 다 가져가.

낙엽으로 덮이고 솔방울이 박힌 흙바닥에 흰 인견 보자기가 펼쳐졌고 그 위에 뼈가 모였다. 비교적 온전하게 남은 정강이뼈 두점과 코코넛 껍질 같은 두개골 조각과 공깃돌만 한 작은 조각들. 몇점 없었다. 깊이 팬 땅을 도로 덮기 전에 이순일은 동전 하나를 구덩이 속에 던졌다. 파묘꾼들이 가장자리에 쌓인 흙더미들을 구덩이로 쓸어넣었다. 한세진은 이순일과 나란히 서서 그들이 매우 빠르고 효율적으로 땅을 덮는 과정을 지켜보았다. 그들은 봉분도 구덩이도 사라진 평평한 땅에 나무모를 심었는데 한세진이 보기에 그것은 소나무인 것 같았고 햇볕이며 사방이며 너무 노출된 장소에 꽂혀 조만간 스러질 것처럼 보였다.

–

한만수는 뉴질랜드로 간 지 일년 뒤에, 백인 할아버지와 친해졌다고 소식을 알려왔다. 노인이 엄청난 장서가이고 그가 직접 만든 요리를 나눠 먹기도 하고 주말엔 캠핑을 같이 가기도 한다며 사진을 보내왔는데 한만수와 노인이 오클랜드에 있는 노인의 집에서 찍은 사진이었다. 방과 방을 연결하는 복도에까지 책장을 넣어 모든 선반을 책으로 채운 실내였다. 살집이 좀 있어 보이고 수염을 약간 기른 노인이 코듀로이 바지에 아가일 스웨터를 입은 모습으로 한만수의 곁에서 웃고 있었다. 한만수는 지난번 귀국 때 그 백인 할아버지가 한만수의 모친인 이순일에게 주는 선물을 가지고 왔다. 크리스마스 무렵이었다. 한만수의 귀국을 반기고 연말을 같이 즐겁게 보내려는 가족 모임이 한영진의 집에서 열렸다.

조금 늦게 도착한 한세진이 거실로 들어섰을 때 이순일은 다른 가족들에게 둘러싸여 소파에 앉아 있었다. 타원형의 꽤 큼직한 도자기 접시 하나를 무릎 위에 올리고, 그걸 떨어뜨릴까 염려하는 것처럼 무릎을 오므린 모습이었다. 이순일이 수줍은 듯 미소 지으며 소중하게 무릎에 올리고 있는 접시의 용도는 샐러드를 담는 것이었고 점토를 대충 주물러 만든 것 같은 모양새였는데, 오클랜드 노인이 물감으로 직접 그렸다는 포도송이와 넝쿨이 유약을 바른 바닥에 고불고불 그려져 있었다. 얘, 이거 봐라. 이순일이 두 손으로 접시를 붙든 채 한세진에게 말했다. 그 할아버지가 이거 줬대, 나 주라고. 한세진은 접시를 집어 그림을 들여다본 뒤 뒤집어 바닥을 보았다. 매우 두껍고 무거운 접시였다. 한영진이 그걸 다시 보고 싶다고 손을 내밀었다. 한세진은 접시를 한영진에게 넘긴 뒤, 노인의 두번째 선물이라는 납작한 깡통을 받아 열어보았다. 허브 캔디 깡통 바닥에 검은 스펀지가 깔려 있었고 약간 색이 바랜 듯한 금 펜던트가 들어 있었다.

나치 독일의 홀로코스트에서 살아남았다는 어느 할머니의 유품이라며 한만수가 오클랜드 노인의 프레젠트 메시지를 전했다. 어머니는 위대하다, 당신은 위대하다. 가족들이 선물을 살펴보며 메시지의 발신자를 궁금해하는 사이에 이순일은 면구스럽다는 듯 소파에서 일어나 부엌으로 갔다. 한세진은 이순일이 앞치마를 목에 걸면서 뺨을 엄지로 문지르는 것을 보았다. 솥에서는 김이 올랐고 고기전과 야채전은 종이 포일을 깐 소쿠리에 쌓여 있었으며 실처럼 가늘게 썬 지단이 들어간 잡채도 있었다. 배고픈 사람들을 위해 음식이 풍성하게 준비된 저녁이었다. 그들은 제사 때 사용하는 상 두개를 붙여 거실에 긴 식탁을 만든 뒤 거기 음식을 차리고 실컷 먹었다. 아 그리웠어, 한만수가 활짝 웃으며 말했다. 이게 너무 그리웠어.

당신은 위대하다.

한세진은 그 메시지를 듣고 처음엔 어리둥절했는데 그다음엔 미간에 살짝 뿔이 돋는 듯한 느낌으로 화가 났고, 그게 뭐였는지, 왜 그것이 모욕감과 닮았는지, 자기가 왜 그런 걸 느꼈는지를 나중에 생각해보았다. 아마도 한만수의 한국어 때문인 것 같다고 한세진은 생각했다. 한만수는 그것을 영어로 들었을 텐데 그래서인지 말투가 좀 영어였지. 홀을 쥔 왕이 그것을 하사하듯 그 애는 엄마에게 그렇게 말했지.

그날 이순일은 부엌과 거실 사이를 오가며 그즈음 어느 때보다도 생기로웠고 그 자리에 모인 누구보다도 분주했다. 그렇게 바쁜 와중에 이순일이 자주 볼을 붉히며 무언가를 생각하고 있었다는 걸, 한민수가 전한 메시지를 되새기며 금방이라도 눈물을 떨굴 것 같은 상태였다는 걸 한세진은 알았다. 저녁을 먹고 난 뒤 한만수는 성실하고 바람직한 이주노동자로서 오클랜드 지역 뉴스 채널과 인터뷰를 했다며 핸드폰에 저장된 영상을 가족들에게 보여주었다. 방송사 로고가 박힌 화면에서 한만수는 서글서글하게 웃으며 말했다. 나는 내 나라에서 찾지 못한 가능성과 기회를 여기에서 찾아냈다. 파써빌러티. 오퍼튜너티. 한만수는 인터뷰에서 그 말들을 반복해 사용했다. 그래 바로 그렇지. 한세진은 접시들과 쟁반이 쌓인 아일랜드 식탁 너머에서 그릇을 닦기 위해 소매를 걷으며 생각했다. 저 애가 끝내는 여기로 돌아오지 않을 작정이라고 해도 그게 저 애 탓은 아니야.

그날 저녁에 한만수는 오클랜드 노인을 비롯해 직장에서 만나곤 하는 사람들이 최근 한국의 정치, 사회적 상황에 대단히 관심을 보이고 있다며, 다가오는 토요일에 촛불집회가 열리는 서울 도심으로 나갈 거냐고 한세진에게 물었다. 한세진은 그럴 계획은 아니었지만 네가 가겠다면 동행할 수 있다고 대답했다. 그 주의 토요일은 2016년…… 12월 17일이었다. 한세진은 토요일 근무를 마치고 광화문으로 갔고 교보문고에서 동생을 만나 광장으로 올라갔다. 한만수는 그 많은 사람을 보고 감탄하며 끊임없이 핸드폰을 머리 위로 치켜들어 사진을 찍었고 한세진에게 핸드폰을 건네며 주변이 잘 나오게 자기를 찍어달라고 부탁했다. 한세진은 세종문화회관 앞 계단을 빈틈없이 메운 사람들을 배경으로 한만수의 사진을 몇장 찍었다. 한만수는 핸드폰을 도로 넘겨받아 사진을 확인하더니 종이컵에 꽂은 촛불을 마이크처럼 턱 밑에 들고 있는 사진을 골라 오클랜드 친구들에게 발송했다.

그들은 집회가 완전히 마무리되기 전에 열에서 빠져나

와 레스토랑으로 갔다. 스낵처럼 바삭하게 구운 마늘 편을 얹은 파스타와 게살이 들어간 크림 파스타를 먹었다. 이런 것은 뉴질랜드에서 매일 먹지 않느냐고 한세진이 조금 어색해하며 묻자 한만수는 그렇지 않다고, 아르바이트하는 곳 주방에서 남은 음식을 선 채로 먹거나 식비를 줄이기 위해 숙소에서 버터도 없이 빵을 먹거나 한다며 누나 덕분에 근사한 곳에서 정식을 먹는다고 기뻐했다. 한만수와 한세진은 와인 리스트가 적힌 메뉴판을 뒤적이면서 와인을 골라보려다가 단념하고 메뉴판을 한쪽으로 치웠다. 뉴질랜드는 노인과 여성이 살기 좋은 나라야, 한만수가 말했다. 엄마 모시고 와서 좀 길게 있다가. 그래, 그래. 거기 사람들이 요즘 한국하고 한국인에 관심이 많아, 촛불 때문에 다 놀라워해. 한세진은 갈색으로 구워진 마늘 편을 포크로 떠먹으며 광장 구석에 모여 있던 노인들에 대해 말했다. 그들 중 누군가는 LPG 가스통을 들고 거리로 나온다고, 노인들이 무슨 생각으로 그러고 있는지를 모르겠다고, 그러지 말았으면 좋겠다고 한세진이 말하자 한만수는 그건 그 사람들의 권리라고 대꾸했다. 그 사람들에게도 본인들의 정치적 견해를 말할 권리가 있잖아. 그걸 누나가 하지 말라고 할 수는 없지. 한만수는 파스타 면을 포크로 건져 후룩 먹은 뒤 한세진에게 말했다.

아무튼 누나는 정치적으로 좀 편향되었어.

뭐?

쏠려 있다고, 한쪽으로.

한세진은 어리둥절해 한만수를 보다가 왜 네가 그렇게 생각을 하느냐고 물었다. 한만수는 그런 질문을 받을 줄은 몰랐다는 듯 한세진을 보더니 음, 하고 눈을 굴렸다.

누나는 매일 팟캐스트를 듣잖아.

–

한세진과 이순일은 비탈에 남았다. 그들은 뒤처졌다. 통증 때문에 걸음이 불안정한 이순일에게는 산을 오르는 것보다 내려가는 과정이 더 험난했다. 이순일은 한번에 반발짝씩 움직이면서, 화장火葬을 준비하겠다며 먼저 산을 내려간 아저씨들을 너무 놓칠까 걱정했다. 그들 손에 뼈를 맡기는 게 아니었다고 후회했다. 야, 우리가 직접

가지고 내려갈걸. 그 아저씨들이 또 맘대로 해버리면 어떡하냐, 내가 도착하지도 않았는데. 조바심으로 허둥대며 내려가느라고 두어번은 아슬아슬하게 낙상을 면했다. 쓰러진 나무와 얽힌 나뭇가지와 너무 가파른 사면을 피하며 내려가다보니 목적지에서 점점 벗어나고 있는 것 같기도 했다. 한세진은 묵직하게 등을 누르는 배낭을 멘 채로 앞서 걸었다. 도시의 아스팔트 평면이나 인공적인 빗면에 익숙한 눈으로는 산비탈을 보는 것 자체가 익숙하지 않아 방향을 짐작하기 어려웠다. 이윽고 그들은 어디로도 발을 내딛기 어려울 정도로 풀줄기와 나뭇가지가 엉킨 덤불 속으로 들어섰다. 뭘 하니, 너는 지금. 이순일이 혀를 차며 앞으로 나섰다. 이순일은 앞서가면서 방해가 되는 가지들을 손으로 잡았다가 놓았는데 그때마다 뒤를 따르는 한세진의 이마며 눈언저리를 향해 가느다란 가지들이 회초리처럼 날아왔다.

그들은 산자락에서 아까시나무 군락을 만났다. 아직 어린 나무들이었다. 한그루 한그루 연필처럼 곧았고 얇은 가지에 괴상할 정도로 큼직하게 돋은 가시들은 강철 같은 색을 띠고 있었다. 이순일은 질색했지만 한세진은 그게 아름다워서 잠시 넋을 잃고 보았다. 어느 솜씨 좋은 손이 흑연을 사용해 공들여 그린 그림 같았고 어딘가 다른 차원과의 경계를 알리는 복잡한 무늬 같기도 했다. 아까시나무 군락 너머에, 그들이 산에 오르기 전에 건넌 논이 있었다. 가시 돋은 가지들 때문에 거길 통과해 나아갈 길은 없었다. 그들은 군락을 우회해 이순일이 발을 딛고 내려갈 만한 비탈을 발견했고, 그리로 내려갔다.

논을 거의 다 건넜을 때 한세진은 공기를 맹렬하게 태우고 있는 토치 소리를 들었고 불 냄새를 맡았다. 파묘꾼들과 김근일이 화로에 넣은 뼈를 토치의 불길로 태우고 있었다. 이순일과 한세진이 가까이 다가가자 그들은 거의 다 되었다고 말했다. 대부분 나뭇조각이고 뼈가 얼마 없어 예상보다 일찍 일을 마칠 수 있겠다고. 화로 주변으로 회백색 재가 날렸다. 이순일은 말하지 않았다. 일하는 사람들의 비위를 상하게 하지 않으려고 괜히 웃는 것도 그만두고, 입을 꾹 다문 채 화로 주변을 서성거렸다. 벼 밑동만 남은 논바닥에 조금 기울어진 채로 놓인 화로는 높이가 50센티미터쯤 되는 깡통이었고 그을리고 녹슬어 검붉었다. 검댕이며 재가 눌어붙은 석쇠 한장이 화로에 얹혀 있었고 재를 덮어쓴 조각 몇점이 그 위에서 새파랗게 타고 있었다. 김근일이 긴 집게를 쥐고 화로 곁에 서 있다가 불길 속으로 집게를 넣어 조각을 집었다. 그는 그게 뼛조각인지, 뼛조각이라면 충분히 탔는지, 부술 수 있을 정도로 무르게 되었는지를 살펴본 뒤 화로 곁에 놓인 돌절구에 넣었다. 두번째 세번째 조각도 그렇게 절구로 들어갔다.

거긴 갈대가 길게 자라 사람들 눈에 쉽게 띄지 않을 곳이었다. 부대 초소에서도 거기서 무슨 일이 벌어지는지 관찰하기가 쉽지 않을 거라고 한세진은 생각했다. 추수가 끝나 겨울을 기다리고 있는 드넓은 논 어디에도 사람은 보이지 않았다. 그래도 이 근방엔 사람이 산다, 한세진은 생각했다. 그들 중 누구도 오늘 오전에 우리가 저 산에서 가지고 나온 것을 모를 것이다. 토치 소리가 잦아들고 불이 꺼졌다. 파묘꾼들이 화로를 정리하는 동안 김근일이 돌절구와 공이를 들고 갈대 뒤로 돌아갔다. 한세진과 이순일은 논바닥에 다급히 돗자리를 펼치고 배낭에서 접시를 꺼냈다. 갈대 너머에서 들려오는 공이질

소리를 들으며 음식을 접시에 덜었다. 사과와 배, 차갑게 식은 고기볶음과 야채전과 북어를 각각 도자기 접시에 담고, 맑은 술을 조그만 유리잔에 담았다. 꼬마버스 타요와 친구들이 노랗고 파랗게 프린트된 비닐 돗자리에 제사상이 마련되자 이순일은 지팡이를 논바닥에 내려두고 한세진의 부축을 받으며 절했다. 이순일은 한세진에게도 절을 올리라고, 할아버지 잘 가세요, 하라고, 손녀와 그 딸 하는 일이 부디 잘되게 해달라 빌라고 말했지만 한세진은 아무것도 빌지 않고 절을 올리면서, 그쪽 방향엔 그의 뼈가 이미 없다는 것을 생각했다. 마지막 반절을 올리고 고개를 들었을 때, 한세진은 김근일이 절구를 거꾸로 기울여 가루를 털어내며 갈대 뒤에서 나오는 것을 보았다.

그들은 그 자리에서 삯을 치르고 헤어졌다. 이순일은 우리가 살아 있을 적에 또 볼 수 있을지 모르겠다며 김근일과 악수를 나눈 뒤 코를 조금 훌쩍였다. 차로 돌아가는 길에 이순일이 신은 등산화 밑창이 진흙 바닥에 들러붙어 떨어져나갔다. 그로부터 몇걸음 더 걷지 않아 나머지 한짝의 밑창도 떨어져나갔다. 한세진과 이순일은 황당해 신발의 상태를 살피다가 딱 한번 사용하고 내버려두어 겉보기엔 새것 같지만 고무창이며 접착된 부분이 이미 삭았다는 것을 알았다. 흙바닥에 깊이 박혀 떼어내기도 어려워 보였으므로 그들은 밑창 두개를 그대로 두고 서둘러 그 장소를 떠났다.

금요일 저녁에 한만수가 철원에 잘 다녀왔느냐고 묻는 영상통화를 걸어왔다. 한만수가 머물고 있는 도시는 자정이었다. 새로 이사한 집에 베드버그가 있어 고생하고 있다고, 감기 몸살에도 걸렸다며 플리스 담요를 어깨에 두르고 있었다. 한만수는 근래 영주권을 신청했고 결과를 낙관하고 있었다. 영주권이 나오면 조금 더 안정적인 주거 공간을 마련할 생각이니 그때 놀러 오라고, 엄마랑 큰누나랑 와서 한참 있다 가라고 한만수는 말했다. 그래, 그래. 한세진은 신발 밑창 두개를 남의 논 입구에 버려두고 왔다고 말했다. 그걸 그냥 두고 왔다고? 남의 논에다, 그걸 버렸다고? 한만수는 질색을 하면서도 엄마답다고 한참 웃은 뒤 누나가 수고했다, 수고가 많다고 말했다. 그래도 누나, 너무 엄마가 하자는 대로 하지는 마.

그런 거 아냐.

너무 효도하려고 무리할 필요는 없어.

효?

그것은 아니라고 한세진은 답했다.

그것은 아니라고 한세진은 생각했다. 할아버지한테 이제 인사하라고, 마지막으로 인사하라고 권하는 엄마의 웃는 얼굴을 보았다면 누구라도 마음이 아팠을 거라고, 언제나 다만 그거였다고 말하지는 않았다.

하고 싶은 말

한영진은 유능한 판매원이었다. 무엇이든 능숙하게 팔았다. 재고로 쌓인 캔 음료, 패브릭 제품, 도자기 그릇. 최근 몇년 동안엔 침구가 한영진의 상품이었다. 이불과 베개. 침구 매장이 십여개 모인 백화점 9층에서 한영진이 담당하는 매장의 매출이 가장 높았다. 한영진은 싼 것을 팔 때보다 비싼 것을 팔 때 더 유능했다. 엄마들이 한영진을 자주 찾아왔다. 한영진은 예컨대 수험생의 숙면과 집중력, 활력 조성에 도움이 되는 침구를 찾는 엄마들에게 시간을 들여 이불을 보여주며 원단과 배색을 설명하고, 결정되었다 싶은 순간에 더 품질이 좋은 이불 쪽으로 엄마들을 이끌었다. 한번 만져보라고 권한 뒤 그들이 이불을 쓸어보고 귀퉁이를 뒤집어보고 겉감을 비벼 속감을 알아보는 동안 한발짝 떨어져 서 있다가 낮은 목소리로 말을 걸었다.

좋죠?

좋네.

이거 엄마가 써요.

아유, 난 됐어.

좋잖아요.

좋지.

좋은 거 엄마가 써요. 왜 애들만 좋은 거 써. 엄마들이 좋은 거 써야 해.

다른 매장에서 가족을 생각하는 마음을 엄마의 선善으로 부추기며 침구 한 세트를 팔 때, 한영진은 엄마들 본인의 이불과 베개를 하나씩 더 얹어 팔곤 했다. 한영진의 실적을 부러워하며 판매 패턴을 눈여겨본 근처 매장 직원들이 한영진을 흉내 내는 경우도 있었지만 결과는 같지 않았다. 엄마들이 좋은 거 써야 해. 똑같은 말을 해도 한영진은 팔았고 그들은 팔지 못했다. 무슨 차이가 있는지는 한영진 자신도 실은 잘 알 수가 없었는데, 대체 비결이 뭐냐는 질문을 받으면 한영진은 내가 엄마 마음을 잘 아는 딸이었다고 대답했다. 장녀거든 내가. 없는 집 기둥이라서, 엄마랑 각별했다.

—

금요일 밤에 한영진은 이순일과 마주 보고 앉았다. 두껍고 묵직한 돌 상판을 얹은 식탁 앞이었다. 상판의 두께는 5센티미터가 넘었고 유백색 바탕에 검은 줄무늬가 있었다. 한영진의 시가에서 사용하던 물건이었다. 너무 육중하고 너무 고루하지만 너무 말짱해 어디 버리기엔 아깝다며 이 집에 옮겨두었다. 인부 세 사람이 이걸 맞들었지. 한영진은 둥글게 마감된 식탁 가장자리에 눈을 두고 그 광경을 생각했다. 셋 중 두 사람은 육십대가 넘어 보였고 나머지 한 사람은 많아야 사십대 초반인 것 같았다. 엘리베이터도 없는 건물의 5층까지 이 식탁을 올리느라고 그들은 옥신각신 애를 썼다. 삯을 지불하고 그 사람들을 보낸 뒤에야 한영진과 이순일은 상판 모서리에서 긁힌 부분을 발견했다. 아스팔트 바닥에서 뛰다가 넘어진 사람의 살갗에 남은 흔적처럼 가늘고 길게 긁힌 자국들이 있었다. 손으로 문지르자 가루가 묻었다. 새것도 아니고 자기 것도 아닌데, 이순일은 그걸 속상해했다.

한영진은 그게 어느 쪽 모서리였는지를 생각하며 앉아 있었다. 자정이 넘은 시간이었다. 부엌엔 작은 등을 켜 두었고 식구들이 잠든 방엔 불이 꺼져 있었다. 팔꿈치를 댄 식탁에서 물과 소금 냄새가 났다. 한영진은 종일 신고 다닌 스타킹을 벗지 못한 채였고 이순일은 앞치마를 두른 채였다. 한영진은 이순일이 아침에 잠자리를 떠나자마자 그걸 몸에 두르면 자러 눕기 직전에야 벗는다는 것을 알고 있었다. 이순일은 한영진과 김원상의 집에서 그릇을 닦고 아이들 장난감을 정리하고 세탁기를 돌리고 바닥을 닦고 빨래를 널고 식사를 준비했다. 한영진, 김원상, 예범, 예빈, 한중언, 이순일 자신까지 포함해 여섯 사람의 살림을 돌보고 그들이 먹을 반찬과 국을 만드는 일. 그 일의 대가로 한영진 부부는 늙은 부부가 살도록 아래층을 내주고 생활비를 댔다. 엄마의 사물들과 엄마의 짜증을 감당했다.

한영진은 이순일의 앞치마에 밴 작은 얼룩들을 바라보

았다. 조기를 굽다가 기름이 튄 것 같았다. 엄마, 엄마. 한영진이 마침내 입을 열고 이순일에게 말했다. 이제 자요. 너무 늦었어.

토요일 아침 출근길에 한영진은 그 말을 생각했다. 엄마가 혹시 내 말로 뭔가를 알아채지는 않았을까. 어떤 기분, 혹은 어떤 생각을. 전철이 철교를 두드리며 한강을 넘고 있었다. 가볍게 비가 내리고 있었고 강은 전날보다 조금 불은 것처럼 보였다. 평소에 한영진은 그 구간을 좋아했다. 그 구간에서는 흐린 날 흐린 날씨를 볼 수 있었고 맑은 날 맑은 날씨를 볼 수 있었다. 백화점에서는 좀처럼 바깥을 볼 일이 없었고 한영진이 생각하기엔 그게 건강에도 영향을 미치는 것 같았다. 한영진은 손잡이를 잡고 서서 바깥을 바라보며 이번 휴일에 여행을 갈 수 있을지, 혼자서 그냥 어디로든, 어디든 갈 수 있을지를 생각해보았다. 한영진의 앞자리에 앉은 여성이 발 사이에 내려둔 종이 가방에서 뭘 꺼내느라고 상체를 앞으로 숙였다. 그의 머리를 피해 뒤로 움직이다가 한영진은 옆 사람과 눈이 마주쳤다. 외국인으로, 어두운 밤색 머리에 눈썹 숱이 많고 눈은 황갈색이었다. 자꾸 눈이 마주쳤다. 그가 한영진에게 한국어로 말을 걸었다. 코트색이 당신에게 잘 어울린다, 헤어스타일도. 당신은 매우 개성 있고 매력 있는 것 같아. 오늘 데이트 시간 있어요? 당신과 이야기하고 싶다.

거의 외면한 채로 그의 말을 들으면서 그가 종교 단체나 다단계 조직의 일원일 거라고 한영진은 생각했다. 아시아 여성이나 노란 코트나 단발을 향한 페티시즘을 지녔는지도 몰랐다. 매력, 개성. 그건 다 수작이었고 더러운 거짓말이었다. 앞자리에 앉은 여성이 핸드폰을 쥐고 문자메시지를 보내면서 한영진과 외국인을 번갈아 보았다. 한영진은 얼굴을 찌푸리며 노우,라고 답했다.

노우?

예쓰, 노우.

와이.

나는 남편이 있다, 아이가 둘이다, 이미 사십대다, 한영진은 그 순간 머리에 떠오른 대답 중 어느 것도 말하지 않고 똑바로 앞만 보고 있다가 목적지에서 내렸다. 개찰구까지 빠른 걸음으로 이동했다. 불쾌하고 어처구니없는 일을 겪었다고 생각했는데 많은 사람 틈에서 걸으며 다시 생각하니 그렇게까지 불쾌하거나 어처구니없는 일은 아닌 것 같았다. 얼마간 우습기도 했다. 탈의실로 들어가기 전에 한영진은 김원상에게 메시지를 보냈다. 전철에서 외국인이 나한테 말 걸었다, 데이트하고 싶다고. 김원상이 즉시 답신해왔다.

ㅋㅋㅋㅋㅋ

Where is the toilet?

이 말을 니가 잘못 들은 거 아니고?

한영진은 그걸 두번 세번 읽은 뒤에야 자기가 불신한 것이 외국인이나 그의 말이 아니었다는 걸 알았다. 외국인, 그는 불순한 의도를 숨기려고 거짓말을 했을 수도 있고 아닐 수도 있었다. 그의 의도 같은 건 이제 중요하지 않았다. 나였어, 하고 한영진은 생각했다. 내가 불쾌감을 느낄 정도로 불신한 건 그 외국인이나 그의 말이 아니고 나였어…… **네가 그 정도로 매력 있을 리가 없잖아.** 그게 김원상의 생각인 것 같았고 한영진 자신의 생각이기도 한 것 같았다. **더러운 거짓말.** 한영진은 그 말을 골똘히 생각하며 매장 쪽으로 걸어갔다. 새벽에 당도한 이불 꾸러미와 택배 상자들이 매장 앞에 내던져진 듯 아무렇게나 쌓여 있었다. 한영진은 위에 얹힌 꾸러미를 두 팔로 안고 매장으로 들어가면서 가장 비싼 이불 세트를 오늘 팔 수 있을 것인지를 생각해보았다. 압축된 솜덩어리가 묵직하게 가슴을 눌러왔다. 개장 직전이었다.

너희 중에 누군가는 더러운 거짓말을 하고 있어.

한영진은 그 말을 기억하고 있었다. 그 말의 내용과, 어조와, 그 말을 한 사람의 표정을 모두 기억했다. 아버지였다. 한영진의 돈 때문이었다. 한영진이 열아홉살 때, 만원권 지폐 두장을 책상에 둔 적이 있다. 그게 없어졌다. 한영진은 동생들을 의심했다. 한세진과 한만수를 책상 앞으로 불러 여기에 돈이 있었다고 말하고 누가 가져갔는지를 물었다. 한세진과 한만수는 영문을 몰라 어리둥절하다는 얼굴로 자기들이 아니라고 대답했다. 돈이 거기 있었다고? 나는 가져가지 않았어. 나도. 잘 생각해봐. 돈을 정말 거기에 둔 게 맞는지. 잘못 기억하고 있는 거 아냐?

잘못 기억할 리가 없다는 것이 한영진의 입장이었다. 돈을 거기 둔 때가 고작 한시간 전이었다. 없어질지도 몰라,라고 생각하면서도 그대로 두었던 것까지 한영진은 기억했다. 누가 돈을 훔쳐갔느냐고 묻고 있는데도 동생들은 한영진에게 상냥하게 굴었고 그들의 태도 때문에 한영진은 그들을 더 의심했다. 그들이 범인이었다. 둘 중 한 사람이거나 둘 모두이거나. 한영진이 동생들을 그 일로 다그치고 있을 때 한중언이 귀가했다. 한영진과 한세진과 한만수는 그에게 각자의 자초지종을 설명했다. 돈이 사라졌다는 당혹감보다는 시치미를 떼는 동생들이 괘씸해 한영진은 분노했다. 하지만 이제 봐라, 아버지가 판단할 것이다, 그가 도둑을 밝혀내 망신을 주고 벌을 줄 것이다. 그런 생각을 하며 동생들을 노려보고 있을 때 한중언이 말했다. 너희 중에 누군가는 더러운 거짓말을 하고 있어.

너희 중에 누군가.

라고 한중언은 말했으나 그 말을 하면서 그는 한영진을 보고 있었다. 술을 마신 상태였고 어디서 뭘 먹었는지 뭔가를 태운 냄새가 났으며 눈은 충혈되어 있었다. 그 눈으로 한영진을 노려보며 한중언은 말했고 그 일을 한영진은 잊지 못했다. 당시의 공포와 무력감, 자기 몫이 아닌 것 같은 창피를 한영진은 전부 기억했다. 한영진의 아이들이 뭔가를 혹은 누군가를 원망하느라고 악쓰며 울어댈 때, 서로의 잘못을 엄마에게 일러바치려고 안간힘을 쓰고는 할 때, 한영진은 아이들의 얼굴을 바라보며 그 말을 생각했다. 더러운 거짓말. 불식간에 그렇게 말하는 일이 없도록 눈을 동그랗게 뜨고 그 말과 그 어조를 생각했다.

아마도 아버지는 그 일을 기억하지 못할 거라고 한영진은 생각했다. 당시의 아버지에게 조언이나 판단을 바란 것 자체가 잘못이었는지도 몰랐다. 그즈음 한중언은 궁지에 몰려 있었다. 재래시장 구성원들이 연루된 계에서 계주가 사기를 치고 도주한 사건으로 가진 걸 전부 빼앗기기 직전이었다. 시장 복판에 자리 잡은 건어물 가게와 가게를 채운 물건들과 집. 부부가 같이 당한 일이었지만 그 모든 것의 명의자인 한중언은 특히 그 일을 견디지 못했다. 매일 이기지도 못하는 술을 마시고 돌아와 기력이 다해 잠들 때까지 집 안 물건들을 마당으로 내던졌다. 가계는 빠르게 몰락했다. 인문계 고등학교에 진학했다가 그림을 그리고 싶어 진로를 탐색하던 한영진은 진로고 뭐고 고등학교를 졸업하자마자 유통업체에 취직했다. 한영진에게는 재능이 있었다. 물건을 잘 팔았고, 그 일을 해 가족의 생활비를 벌었다. 혼란스러운 시기가 지난 뒤엔 한중언도 조금씩 노동을 하며 돈을 벌었지만 불규칙한 수입이었고 한영진이 버는 돈이 더 많았다. 돈이 필요할 때, 경조사비가 필요하거나 예상치 못하게 큰 돈을 써야 할 때, 걱정거리가 생겼을 때, 이순일은 한영진과 의논했다. 동생들도 한영진과 의논했다. 한영진은 가족을 감당했다. 달리 그걸 할 수 있는 사람이 없었으니까, 한중언의 담석 수술비를 대고 이순일의 치과 비용을 대고 이사할 집의 보증금을 대출받고 한세진과 한만수의 대학 학비를 보태고 한만수의 유학 준비를 도왔다. 한만수가 뉴질랜드로 가겠다고 했을 때 한영진은 그 선택을 믿을 수 없었지만 나중엔 한국에 남는 것보다 나은 선택이었다고 믿었다. 거기서는 같은 시간을 일해도 세 배를 벌 수 있다고 한만수가 말했다. 필요한 자격을 갖

줘 취업에 성공하면 곧 누나에게 은혜를 갚을 거라고 그 애는 말했다. 필요하다는 교육과정이 자꾸 늘어나고는 했지만 한만수의 뉴질랜드 학비는 일종의 투자 같은 거라고 한영진은 이해했다. 한만수는 졸업과 취업을 앞두고 있었다. 이제 곧이었다. 그게 뭔지는 몰라도 그 애 말마따나 이제 곧이었다.

더 밝은 색은 없나요?
라고 물은 손님에게 민트와 레몬색 쿠션 두개를 보여주려고 선반으로 다가가다가 한영진은 한세진을 발견했다. 25퍼센트 할인 딱지가 붙은 차렵이불 매대 곁에 서서 한영진을 보고 있었다. 가방이라기보다는 늘어진 자루 같은 것을 어깨에 걸쳤고 추워 보이는 더플코트를 입고 있었다. 눈이 마주치자 입을 다문 채로 웃어 미소인지 울상인지 모를 얼굴을 했다. 저게 인사야. 한영진은 쿠션을 만져보고 나가는 손님을 배웅하며 속으로 한숨을 쉬었다. 저래가지고 저 애는 사회생활을 어떻게 하는 걸까.
왔으면 왔다고 기척이라도 내지.

방금 왔어.

근처에 왔다가 들렀다고 한세진은 말했다. 점심 먹을 때가 지난 오후였는데 한영진도 한세진도 식사를 하지 못한 상태였다. 한영진은 한세진을 데리고 직원 식당으로 내려갔다. 백화점 근처에 더 좋은 식당이 몇군데 있었지만 한영진은 그런 곳으로 한세진을 데려가지 않았고 한세진도 굳이 바깥으로 나가자고 말하지 않았다. 그게 룰이었다. 일터로 가장을 보러 오는 사람은 그가 어떤 장소에서 어떻게 일하고 먹고 마시며 돈을 버는지를 봐야 했다. 그렇게 버는 돈으로 그들이 먹고살았고, 살고 있으니까. 한영진은 그렇게 배웠다. 누가 가르쳐준 것도 아닌데 시장에서 부모에게, 직장에서 동료들에게 그걸 배웠다.

한영진은 지갑을 쥐고 식탁들 사이를 걸었다. 한영진과 마찬가지로 이제야 밥 먹을 짬을 낸 직원들과 농담을 주고받기도 하면서 오늘의 메뉴 앞으로 동생을 데려갔다. 비빔밥과 쌀국수. 한세진이 쌀국수를 골랐고 한영진이 지갑을 열어 쌀국수 두개 값을 지불했다. 한영진은 먼저 자리에 앉은 뒤 한세진이 식탁에 식판을 내려놓는 모습,

자루 같은 가방을 등받이에 거는 모습, 의자를 당겨 고분고분 앉는 모습을 지켜보았다. 한세진의 가방은 한영진이 보기에 그렇게 조심스럽게 다룰 필요가 있을까, 싶을 정도로 이미 더러웠고 밑쪽 귀퉁이엔 밟혀서 생긴 듯한 발자국까지 있었다. 아무 때나 저 가방을 바닥에 내려놓는 게 틀림없다고 한영진은 생각했다. 들고 다니기에 편할지 어떨지는 모르겠지만 언제든 아무 데나 내려놓기엔 편한 가방, 그런 걸 저 애는 들고 다니네,라고 생각하며 동생을 보았다. 한세진이 가방 속에 팔을 넣더니 조카들 것이라며 책 두권을 꺼내 내밀었다. 받아서 넘겨보니 글이 없고 그림만 있는 책이었다. 왜 똑같은 것을 두개나 샀느냐고 묻자 한세진은 어리둥절하다는 얼굴로 한영진을 보면서 둘이니까,라고 대답했다. 한영진은 책을 더 넘겨보다가 덮었다.

니가 애들한테 직접 줘.

언제 줘. 그 집 가기 힘들어.

너무 멀어서,라고 한세진은 말했지만 실은 형부와 마주치는 일을 꺼리는 거라고 한영진은 짐작했다. 최근에 김원상은 처가 사람을 봐도 제대로 인사하지 않았다. 거실에 놓인 소파에 깊숙이 앉은 채 눈만 움직이며 어,라고 하거나 잔다는 핑계를 대고 방에서 나오지도 않았다. 시킨다고 할 사람도 아니고 시켜서 받을 것도 아니었으므로 한영진은 그를 내버려두고 있었다. 고개를 숙인 채 쌀국수를 먹었다. 식판 두개가 올라간 식탁에 자리가 부족해 왼쪽 팔꿈치가 그림책 위로 올라갔다. 내년 여름엔 빙하와 펭귄을 보러 뉴질랜드에 갈 거라고 한세진은 말했다. 막내가 거기서 어떻게 사는지도 좀 보고. 언니도 갈 테냐고 한세진이 물었지만 한영진은 거절했다. 난 시간 없고 여권도 없다. 의도치 않게 퉁명한 어조로 대답한 게 마음에 걸려 침묵하다가 빙하 펭귄, 하고 말했다.

그런 건 뭐 하러 봐, 거기까지 가서.

거기 있으니까.

그게 보고 싶어?

어.

왜 보고 싶어?

언닌 안 보고 싶어?

그게 왜 보고 싶어.

그게 왜 보고 싶지, 쌀국수 그릇을 내려다보며 한영진은 생각했다. 그렇게 비싼 돈을 들여 굳이 거기까지 가면서, 그런 걸 왜. 한영진은 그릇 바닥에 남은 숙주를 젓가락으로 집었다가 놓았다. 엄마는, 하고 물었다. 엄마를 데려가는 건 어때, 좋아하실 텐데. 한세진은 잠시 말이 없더니 생각해보겠다고 답했다.

작게 손을 흔들어 보이고 돌아서는 한세진을 배웅한 뒤 한영진은 매장으로 돌아가려고 백화점 통로를 걸어갔다. 옆구리에 끼운 그림책 두권의 딱딱한 모서리가 살을 찔렀다. 그 말을 하지 않았다면 좋았을 거라고 한영진은 생각했다. 엄마 이야기는 꺼내지 않는 게 나았을 텐데. 한세진과 대화하면 자주 이렇게 되었다. 언짢고 불편해졌다. 하지 않았다면 좋았을 말과 하고 싶지도 않았는데 해버린 말들 때문에.

한세진은 많은 면에서 한영진과 달랐다. 어릴 때부터 많은 친구를 거느리듯 사귀고 다닌 한영진과는 다르게 한세진은 대개 혼자 다녔다. 그 문제로 위축되거나 하지도 않았고 그걸 문제라고 생각하지도 않는 것 같았다. 한영진은 냉면을 좋아했고 한세진은 온면을 좋아했다. 한세진은 뜨거운 차를 곧잘 마셨지만 한영진은 뜨거운 것을 입에 잘 대지 못했다. 물건을 고를 때 한영진은 밝은 색을 골랐고 한세진은 검정, 갈색, 회색, 자주색을 골랐다. 한세진은 한영진보다 키가 컸고 둘은 체형도 달랐다. 그 밖에도 다른 점은 많았지만 둘은 발 크기가 비슷해 신발을 같은 사이즈로 신었다. 한집에 살던 중고등학생 시절엔 서로의 운동화를 바꿔 신곤 했다. 아니지, 한영진이 한세진의 운동화를 종종 신고 나갔다. 한세진은 언니가 그렇게 해도 별말을 하지 않았다. 남은 걸 신었고, 자기 걸 건드리지 말라고 나중에 화를 내지도 않았다. 그래도 무언가를 느끼기는 했을 것이다. 어떤 감정을. 한영진은 최근에 그걸 생각할 때가 있었고 그러면 얼굴이 빨개지곤 했다. 어린 동생에게 잘못을 했다고 느꼈다. 손써볼 수 없는 먼 과거에 그 동생을 두고 온 것 같았다. 이제 어른이 된 한세진에게 사과한다고 해도 그 시절 그 아이에겐 닿을 수가 없을 것 같았고.

한세진은 대학교 1학년 2학기가 시작되자마자 집을 나가 살았다. 한영진이 듣기로는 '같은' 처지의 친구들 서너명과 돈을 합쳐 '작업실'을 얻었다고 했다. 한세진은 그 무리에서 독립해 홀로 셋방을 얻어 나오기 전까지 거기서 생활했다. 대학을 졸업한 뒤에는 이런저런 직장을 거쳐가며 희곡과 시나리오를 썼다. 그 애의 작품을 올린 공연이 지금까지 세번가량 있었는데 한영진은 그중 하나를 보러 간 적이 있었다.

연극을 보러 극장에 간 건 그때가 처음이었다. 정장을 입어야 할 것 같아 옷을 신경 써서 입고 출근했다가 평소보다 조금 이르게 퇴근해 극장으로 갔다. 그 소극장은 깊은 지하에 있었고 관객석이 얼마 되지 않았다. 한영진은 한세진이 마련해둔 자리에 긴장한 채로 앉아 연극이 시작되기를 기다렸다. 만찬을 먹으러 모인 가족을 보여주는 연극이었다. 무대 중앙에 낮고 넓은 상이 놓여 있었고 배우들이 바닥에 엉덩이를 붙이고 앉은 채 그 상에 놓인 음식을 집어 먹고 마시며 대화했다. 평범해 보이는 가족 모임이었고 별다른 일은 일어나지 않았다. 때때로 굉음이 섞였다. 여러가지 소리를 섞어 길쭉하게 잡아늘인 듯한 소리였다. 무대에 오른 사람들은 그 소리가 들리지 않는 것처럼 행동했는데 어느 순간엔 그 소리가 너무 커서 그들의 대사가 잘 들리지 않았다. 굉음 자체가 그 연극의 중요한 대사이자 내용인 것 같기도 했다. 한영진은 양손으로 귀를 틀어막고 싶은 것을 참으며 무대 쪽을 바라보았다. 그리고 서서히 그 상황을 자기가 안다는 사실을 알아갔다.

한영진이 그 상황을 알았다.

한영진이 있었고 김원상이 있었고 이순일이 있었고 한세진이, 한만수가, 한중언이 무대에 있었다. 여러 날 여러 상황이 섞인 것 같았는데 전반적으로는 한해 전 크리스마스 즈음이었다. 백화점이 한창 바빠 일손이 부족할 때.

차라리 내 밑으로 들어와서 일을 해.

한영진이 한세진에게 말했다.

니가 열심히만 하면 내가 월급은 이백오십까지 맞춰줄 수 있어.

웃기시네, 김원상이 상 건너편에서 조명을 향해 고개를 쳐들고 말했다.

그 돈을 니가 무슨 수로 주냐, 니가 무슨 권한으로.

한영진은 자기 역할을 맡은 배우가 참는 것처럼 눈을 지그시 감았다가 뜨는 것을 보았고 자기가 정말 그렇게 했는지, 그 순간에 그런 표정이었는지를 생각해보려고 했다. 척, 하면 딱, 알아듣는 주니어, 하고 무대에서 한영진이 다시 한세진의 얼굴을 들여다보며 말했다. 때마침 증폭된 굉음을 이겨보려는 듯 그 배우는 거의 소리를 지르고 있었다. 마음 맞는 사람, 지금 내가 제일 필요한 게 그거야.

배우가 말하는 자기 말을 들으며 한영진은 웃음을 참았다. 이상하고 민망하고 좀 부끄러웠다. 벅찬 것 같기도 했다. 우스운 것이 조금도 없었는데 간질간질 웃음이 터질 것 같아 곤란했다. 한영진은 김원상이 화장실에 가야겠다며 무대를 내려가는 길에 장난인 것처럼 엉덩이를 내밀어 한영진의 등을 깔고 앉았다가 가는 것을 보았다.

한영진의 자리 근처에서 누군가가 중얼거렸다.

아 씨팔 새끼.

한영진은 뒤를 돌아보았고 사람들의 얼굴을 보았다. 한영진이 알지 못하는 사람들, 한영진을 알지 못하지만 이 순간 한영진을 목격하고 있는 얼굴들. 조명이 갑자기 분홍색으로 바뀌어 그 얼굴들이 일시에 분홍색이 되었다.

흠칫 놀란 채로 한영진은 그 얼굴들에서 눈을 떼고 고개를 돌렸다. 무대를 바라보았다. 한영진은 아직 무대에 남아 있었다.

연극이 끝나고 관객석에 앉은 사람들이 일어서기 시작했을 때 한영진은 일어섰다. 비좁은 출구를 향해 몰려가는 사람들 틈에 섞여 이동하다가 나가기 직전에 한발짝 옆으로 빠졌다. 무대 쪽을 바라보았다. 배우와 스태프들이 무대로 나와 있었고 자기 손님들과 인사를 나누고 있었다. 한세진도 나와 있었다. 옅은 눈썹이 조명을 받아 더 옅어 보였다. 머리를 뒤로 당겨 목 근처에서 묶었고 서너명의 관객에게 둘러싸인 채 차분한 표정으로 뭔가를 말하고 있었다. 한세진을 둘러싼 사람들은 다정해 보였다. 한영진은 그들이 작업실에서 함께 작업했다던 그 친구들일 거라고 생각했다. 그들이 건넨 셀로판지나 색지에 싼 장미 같은 것을 한세진은 한아름 안고 있었다. 한영진은 동생의 공연을 보러 오면서 아무것도 가져오지 않았다는 점을 깨달았고 그게 조금 부끄러웠다. 주춤거리며 서 있다가 극장을 빠져나왔다. 선선한 밤바람을 맞으며 얼마쯤 걷다가 첫번째로 나온 까페에 들어갔다.

창가 자리에 앉아 소파에 몸을 기댔다. 젊은 사람들 몇이 재잘대며 창 앞을 지나가곤 했는데 한영진은 그들이 그 연극을 보고 나온 참인지 궁금했다. 방금 그의 곁에서 그걸 보고 나온 사람들인지. 피곤해서 꼼짝도 할 수가 없었다. 시간이 더 흐른 뒤 팸플릿을 가방에서 꺼내 다시 들여다보았다. '가정 실습'.

그게 연극의 제목이었다.

그 사람은 그렇게 나쁜 사람이 아니야.

한영진은 이불을 펼치기 위해, 여러번 접힌 이불 속으로 두 팔을 넣으며 생각했다. 김원상은 그렇게까지 나쁜 사람은 아니었다. 그는 이순일이 옥상에 올려둔 화분들이 너무 많다고, 비가 내리면 그 많은 화분들이 물을 머금는데 그 무게 때문에 천장이 휘거나 아래층으로 물이 샐 것 같다고 투덜거리곤 했고 1층 차고에 쌓이는 한중언의 고물들 때문에 얼굴을 찡그리곤 했지만 그런 걸로 그를 비난할 수는 없었다. 그런 일은 누구라도 싫을 테니까. 한중언과 이순일을 아래층에 들이기 위해 그 집에 살던 세입자를 내보내야 했을 때를 생각하면 더 그랬다.

보증금 팔천만원을 세입자에게 돌려줘야 했는데 한중언과 이순일은 그 절반도 가지고 있지 않았다. 김원상이 묵묵히 나머지를 마련했고 그뒤로 지금까지 그 돈에 관해 말한 적이 없었다. 한영진이 아는 사람 중에 그렇게 할 수 있는 사람은 없었다. 재작년인가 가을에…… 제주에 놀러 간 일을 한영진은 생각했다. 한만수를 제외한 친정 구성원에 한영진 부부와 아이들이 동행했다. 9인승 승합차를 빌려 김원상이 운전했다. 판매가 한영진의 특장이라면 운전은 김원상의 특장이었다. 안정적이고 편안하게 차를 몰았다. 제주시에서 성산일출봉을 거쳐 서귀포로 내려가는 길에 그들은 나지막한 오름에 들렀다. 꼭대기까지 억새로 뒤덮여 그냥 지나갈 수가 없는 오름이었다. 바람이 불 때마다 억새들이 뒤집혔다. 한번은 은빛으로, 다른 한번은 잿빛으로. 오름 자락에서 보니 비탈을 따라 마른 파도가 이는 것 같았고 거대한 털짐승이 엎드려 낮잠을 자는 것 같기도 했다. 이순일은 위로 더 올라가보고 싶어했는데 무릎 상태가 좋지 않아 억새를 바라보며 서성이기만 했다. 김원상이 이순일에게 등을 내밀었고 이순일이 그 등에 업혔다. 그 순간을 한영진은 보았다. 찰나에 일어난 일이었고 조금만 더 늦게 그쪽으로 고개를 돌렸다면 보지 못했을 광경이었다. 저 사람은 참 크고, 우리 엄마는 참 작구나. 작은 충격 속에서 그들을 보며 한영진은 생각했다. 김원상이 이순일을 업은 채 오름을 오르기 시작했다. 김원상은 그런 걸 아무렇지도 않게 할 수 있는 사람이었다. 의식하지도 과시하지도 않은 채 그런 걸 할 수 있는 사람.

실망스럽고 두려운 순간도 더러 있었지만 한영진은 김원상에게 특별한 악의가 있다고 믿지는 않았다. 그는 그냥…… 그 사람은 그냥, 생각을 덜 하는 것뿐이라고 한영진은 믿었다. 한영진이 생각하기에 생각이란 안간힘 같은 것이었다. 어떤 생각이 든다고 그 생각을 말이나 행동으로 행하는 것이 아니고 버텨보는 것. 말하고 싶고 하고 싶다고 바로 말하거나 하지 않고 버텨보는 것. 그는 그것을 덜 할 뿐이었고 그게 평범한 사람들이 하는 일이었다. 평범한 사람들이 매일 하는 일.

한영진은 손님에게 보이기 위해 펼친 이불을 도로 접으려고 두 팔을 넓게 벌려 이불 귀퉁이를 잡았다. 이불이 서로 닿고 스치는 소리에 마음이 편안해졌다. 새 이불, 새 원단. 아무도 덮고 자지 않은 이불 냄새를 한영진은 좋아했다. 그 냄새는 뭐랄까, 단일했다. 알이라는 단계를 거치지 않고 세상에 나타난 큰 새, 먹지도 자지도 않고 딱 십분 동안 존재하다가 사라지는 새, 세상에 그런 게 있다면 그 새의 날개깃 냄새가 이럴 것 같았다. 한번이라도 사람이 덮고 잔 이불의 냄새는 이렇지 않았다.

이불을 사 간 사람 중엔 사용한 이불을 사용하지 않았다며 반품하려고 가져오는 이도 있었다. 그들 중 다수는 끝내 반품에 성공하고는 했지만 한영진이 그들의 거짓말에 속았기 때문은 아니었다. 한영진은 처음부터 끝까지 그들의 거짓말을 알았다. 사람들이 얼마나 뻔뻔한 얼굴로 사람의 눈을 들여다보며 거짓말을 하는지. 한영진은 이불을 제자리에 두고 계산대를 향해 돌아섰다. 카드단말기 옆에 놓인 그림책을 집어 펼쳐보았다. 글이 없고 그림만 있어 너무 어려워 보였는데 아이들에게는 괜찮을 것 같기도 했다. 걔들은 이 그림들을 보며 어떻게든 이야기를 만들어낼 것이다. 어쩌면 둘이 서로 다른 이야기를 만들어낼 수도 있었다. 첫째가 일곱살, 둘째가 다섯살. 아이들은 지금 좋았다. 잘 놀고 잘 뛰고 솔직한 편이었다. 주의를 주면 얌전해졌고 의젓하게 굴 줄도 알았다. 노산으로 낳은 아이들이라서 어른스럽다는 말을 들은 적이 있었다. 아이들을 데리고 소아과를 방문했을 때, 손자를 데려온 노인이 그랬다. 줄곧 흘끔거리고 애들 엄마냐고 묻고 한영진의 나이를 묻더니 어린애들이 어떻게 이렇게 점잖게 앉아 있느냐고 감탄하던 참이었는데 엄마의 나이가 그렇다니 과연, 하며 칭찬인 것처럼 그런 이야기를 했다.

한영진은 그 아이들을 낳고서야 세간이 말하는 것과는 다르게 모성이 당연하지 않다는 것을 알았다. 첫아이 임신 때 한영진의 시모는 노산, 노산을 입버릇처럼 말하며 한영진의 몸 상태를 아쉬워하고 아이의 상태를 염려하더니 아이가 태어나자마자 병원으로 찾아와 울었다. 시부와 김원상, 유리창 너머로 신생아를 품에 안아 가족에게 보여주고 있는 간호사 모두를 의식하는 것 같은 동작으로 눈물을 닦고 유리창을 향해 손가락을 뻗으며 아가, 아가, 하고 불렀다. 삼십여시간의 산통과 수술 후유증으로 휠체어에 앉은 한영진의 눈에는 시모의 그런 행동이

기묘해 보일 뿐이었다. 왜 울어? 저 아이를 언제 봤다고 저렇게 반겨? 그 시기에 한영진은 매순간 분노를 억누르고 있었다. 병실을 같이 쓰는 다른 산모나 그의 보호자, 간호사, 의사, 김원상, 시부, 시모, 눈치를 보듯 병실을 다녀간 친정 식구 모두에게 적의를 품었다. 아래 속옷도 없이 씻지도 못한 채 피비린내를 풍기고 있는 몸을 다만 씻고 싶을 뿐이었다. 새벽에 간호사가 혼곤히 잠든 한영진을 깨워 수유실로 들여보낸 뒤 가슴에 아기를 안길 때마다 모멸감을 느꼈다. 한영진은 그 아기가 낯설었다. 바뀐 것 아니냐고 다른 사람의 아기가 아니냐고 간호사들에게 소리를 지르고 싶었다. 아기가 젖꼭지를 제대로 물지 못해 빨갛게 질려 울어대고 그게 산모의 문제인 것처럼 간호사들이 한마디씩 충고할 때마다 한영진은 좌절했고 다시 분노했으며 죄책감을 느꼈다. 모든 게 끔찍했는데 그중에 아기가, 품에 안은 아기가 가장 끔찍했다. 그 맹목성, 연약함, 끈질김 같은 것들이. 내 삶을 독차지하려고 나타나 당장 다 내놓으라고 요구하는 타인. 한영진은 자기가 그렇게 느낀다는 걸, 그렇게 생각한다는 걸 티 내지 않으려고 안간힘을 썼다. 한영진은 스스로를 모성이라는 게 결여된 잘못된 인간이라고 여겼고 병원에서 산후조리원으로 옮기지 않고 바로 집으로 갔다. 다른 산모들 곁에 있는 것이 두려웠다. 예범이 생일이 가을이니까…… 가을이었다. 그해 가을엔 갓난아기와 집에 있었다. 한번 터졌다가 채 아물지 않은 몸으로 갓난아기와 둘이 남겨졌다.

하루는 정신이 들고 보니 웬 할머니가 한영진의 얼굴을 들여다보고 있었다. 애기 엄마, 괜찮아요? 애가 너무 울어서 어느 집 애가 이렇게 우나 싶어 울음소리를 따라와 봤더니 문도 열어두고 이렇게 있었다고 그는 말했다. 한영진은 일어나려고 했지만 일어날 수 없었다. 누운 채 눈물만 흘렸다. 한영진이 그러고 있는 동안 그 낯선 할머니가 아기를 안고 달래며 자장가인지 찬송인지 모를 노래를 했다. 가슴에 자꾸 성호를 긋는 것을 보니 천주교 신자인 것 같았다. 그를 보낸 뒤 한영진은 이순일에게 전화를 걸었다. 엄마, 엄마. 그 말을 듣고 이순일이 그 집으로 왔다.

처음에 이순일은 가방 하나를 가져왔고 한영진이 둘째를 낳을 무렵엔 자기 살림 도구를 다 가지고 왔다. 그걸 사용해 자기 아이와 그 아이의 아이들을 먹이고 보살폈다. 그게 얼마나 되었는지를 한영진은 생각했다. 몇년 전이고 몇년째인가.

한영진은 갓난아기와의 간격이 조금 벌어진 뒤에야 아이와 관계를 맺을 수 있었다. 아이를 유심히 보고 싶은 마음, 다음 표정과 다음 행동을 신기하고 궁금하게 여기는 마음, 찡그린 얼굴을 가엾고 사랑스럽게 바라볼 수 있는 마음, 관대하게 대하고 싶은 마음, 인내심…… 모든 게 그 간격 이후에야 왔다. 한영진의 모성은, 그걸 부르는 더 적절한 이름이 필요하다고 언젠가 한영진은 생각한 적이 있었는데, 타고난 것이 아니고 그 간격과 관계에서 학습되고 형성되었다. 그건 만들어졌다. 그걸 알았기 때문에 한영진은 둘째를 낳을 수 있었고 첫번째보다는 여유 있게 아이를 받아들일 수 있었다. 아이들을 지금은 좋아했다. 이순일이 그걸 가능하게 했다는 것을 한영진은 알고 있었다. 이순일의 노동이 그것을 가능하게 했다.

하지만 어젯밤에, 한영진은 이순일의 이야기를 들었다.

피곤하다고 이순일은 말했다. 종일 너무 피곤해서 매순간 졸고 있다고. 졸면서 집안일을 한다고.
한영진이 그 이야기를 듣고 있었던 것은 그걸 듣고 싶었다거나, 엄마가 왠지 초조하고 절박해 보였기 때문은 아니었다. 너무 피곤해 식탁 앞에서 일어날 수가 없었기 때문이었다. 저 먹으라고 한 반찬을 좀 가져가라고 한세진에게 그렇게 전화를 해도 가지러 오질 않는다고 이순일은 한탄했다. 한중언이 매끼 고기나 생선을 찾으며 반찬 투정을 한다고 혀를 차고 한만수랑 통화를 할 때마다 핸드폰이 자꾸 끊어지곤 한다고 불평했다. 아빠가 자꾸 만수한테 전화하라고 언제 오냐고 물어보라는데 걔가 지금 어떻게 오냐 여기 한번 올 때마다 비행기 삯이며 돈이 얼만데…… 한영진은 고개를 끄덕이면서 아빠가 슬슬 눈치채고 있는 거라고 생각했다. 한중언은 한만수가 돌아오기를 기대하고 있었지만 한영진이 보기에 한만수는 돌아올 생각이 없었다. 이제 와 돌아오겠다고 해도 곤란하다는 것이 한영진의 입장이었다. 한중언은 그래도 가족이니까 모여 살아야 한다는 입장이었고 이순일은 여기서 뭘 해 먹고사냐, 거기가 사람 살기엔 더 좋으니 거기 머물라는 입장이었다. 한영진은 건성으로 고개를 끄덕이며 이순일의 말을 들었다.

그 이야기가 언제 시작되었는지를 한영진은 알지 못했다. 알아챘을 때 이순일은 이미 그 이야기 속에 있었다. 이순일이 말하는 동안 한영진은 중고등학교를 다닐 때 친구들과 자주 입에 올리곤 했던 소문들을 생각했다. 이순일이 조금 전 말한 그 병원에 관한 소문들, 괴담들이었다. 그 병원은 버스 종점 근처에 있었고 낙태 수술로 유명했다. 아이를 낳으려는 여자보다 떼려는 여자가 더 많이 방문한다고 소문난 그 병원. 학교에서 멀지 않은 곳에 있었다. 교복을 입은 아이들끼리 그 병원을 588, 588,이라고 부르며 그 병원 인근을 더럽게 여기고 온갖 괴담을 나누곤 했는데 예컨대 거기서 죽은 아기들의 피 때문에 거기서는 수도꼭지만 비틀어도 이상한 냄새가 나고 병원 근처에 가기만 해도…… 이순일이 그 병원 이름을 말했을 때부터 한영진은 그것을, 그 병원에 드나드는 여자들에 관해 친구들과 했던 이야기들을 떠올렸다.

두번.

두번 거길 갔다고 이순일은 말했다. 한영진이 태어나기

전과 태어난 후에.

한영진은 엄마의 얼굴을 자기가 너무 유심히 보고 있다고 생각하면서도 시선을 다른 데로 돌리지 못했다. 식탁 건너편에 이순일이 앉아 있었다. 엄마의 나체를 보고 있다고 한영진은 느꼈다. 어릴 때부터 공중목욕탕이나 집에서 수도 없이 봐왔던 그 몸과는 다른 몸을. 이순일이 눈을 감더니 앞치마 자락을 들어 눈가를 눌렀다. 한영진은 눈을 감았다. 588, 588…… 엄마, 엄마, 한영진은 말했다.

알았으니까 이제 자요.

너무 늦었어.

—

한영진은 이제 그 말을 걱정했다. 그 말을 자기가 어떤 어조로 했는지 그 순간에 이순일의 표정이 어땠는지를 생각했다. 이순일은 그냥 가만히 있었다. 고개를 끄덕이면서 가만히.

그 말 이후로 이순일이 다른 말 없이 자러 내려갔다는 것을 생각하면 묵직한 자루 같은 것이 명치를 향해 가라

앉는 것 같았다. 나는 엄마의 몸이라는 것을…… 그것의 정체를 이제 다 안다고, 알아챘다고 생각했는데 어째서 그 순간에 그 이야기가 그렇게 끔찍했는지 모르겠다고 한영진은 생각했다.

알았으니까 이제 자요.

너무 늦었어.

엄마는 그 이야기를 누구에게도 한 적이 없을 거라고 한영진은 생각했다. 이순일이 이야기를 시작하자마자 한영진은 그건 알았다. 누구에게도 말한 적 없는 그 이야기가 이제 한영진에게 와 있었다. 한영진은 그 생각을 하느라고 자꾸 멍해졌다. 도대체 왜 내게 그런 이야기를 했을까.

한영진은 어릴 적 식구들이 살던 집 거실에 늘 펼쳐져 있던 밥상을 기억했다. 이순일은 집에 있는 시간 내내 가슴과 배를 덮는 앞치마를 두른 채 부엌과 그 상 사이를 오갔다. 리넨으로 만든 얇은 앞치마가 아니고 시장 상인들이 입는, 방수 기능에 충실하고 오염에 강한 앞치마였다. 그걸 두른 엄마의 모습이 주부라기보다는 푸줏간에서 일하는 푸주한처럼 보였던 것을 한영진은 생각했다. 그 집엔 늘 일이 많아서 그런 앞치마를 입어야 했을 것이다. 엄마는 그걸 입고…… 식구들 배부르게 먹이려고 다량으로 구입한 고깃덩어리나 저렴한 뼈들을 물에 담가 몇시간이고 핏물을 뺐는데 그걸로 놀랍도록 맛있는 국을 끓이곤 했지만 국이며 반찬이며 항상 양이 너무 많았고 그 냄새가 그 집 사는 사람들의 몸에 배어 있었다. 식은 생선구이나 고추기름 냄새를 풍기는 아이들. 한영진이 그 집 아이들 중에 가장 먼저 성인이 되었다. 가장 먼저 취업했다.

이순일은 매일 밤늦게 퇴근하는 한영진을 집 앞 가로등 밑에서 기다렸다. 컴컴한 골목 모퉁이를 돌아 저만큼 떨어진 가로등 아래 선 엄마를 발견하면 한영진은 늘 얼마간 눈물이 날 것 같았다. 그걸 감추려고 툴툴대며 집 안으로 들어가면 거실에 놓인 상에 한영진의 저녁밥이 준비되어 있었다. 항상 새 밥과 새 국이었다. 한영진은 밤마다 꾸벅꾸벅 졸며 그 밥을 먹었고 월급을 받으면 그 상에 월급봉투를 딱 붙이듯 내려놓았다. 그 상을 향한 자부와 경멸과 환멸과 분노를 견디면서.

우리 엄마는 내가 아무리 늦게 퇴근해도 먼저 자는 법이 없었어.
한영진은 직장 동료들과 술을 마시면 그런 이야기를 하다가 눈물을 흘리곤 했다. 엄마랑 각별했다, 하고 시작되는 그 이야기를 하다가.
내가 몇시에 퇴근하든 엄마는 부엌에 불을 켜두고 나를 기다렸어. 다른 식구들이 다 자고 있어도 엄마는 자지 않았지. 매일 늦게까지 나를 기다렸다가 금방 지은 밥하고 새로 끓인 국으로 밥상을 차려줬어.

그런데 엄마, 한만수에게는 왜 그렇게 하지 않아.

그 애는 거기 살라고 하면서 내게는 왜 그렇게 하지 않았어.
돌아오지 말라고.
너 살기 좋은 데 있으라고.

나는 늘 그것을 묻고 싶었는데.

하고 싶은 걸 다 하고 살 수는 없다.

한영진은 오래전에 그 말을 들었고 중요한 선택을 할 때마다 그 말을 지침으로 여겼다. 이순일도 그랬을 거라고 한영진은 생각했다. 살아보니 정말이지 그게 진리였다. 현명하고 덜 서글픈 쪽을 향한 진리. 하고 싶은 걸 다 하고 살 수는 없으니까.
한영진은 그것이 누구의 말이었는지 그 말을 자기가 어디서 들었는지를 생각해보려고 했지만 잘 생각나지 않았다. 엄마, 아버지, 선생들, 선배들, 누군가…… 더 부드러운 재질 없나요? 바깥쪽부터 하나하나 이불을 만지며 매장 안으로 들어온 손님이 한영진을 향해 물었다. 아토피에 좋은 것으로…… 우리 집 애들이 아토피가 심해서요…… 한영진은 그의 얼굴을 골똘히 보다가 그의 필요에 가장 근접한 이불 쪽으로 그를 안내했다. 그가 그날의 마지막 손님인 것 같았다. 백화점 폐장 시간을 알리는 방송이 나오고 있었다.

—

한영진은 코트 단추를 채운 뒤 핸드폰을 열고 새로운 메시지가 있는지 확인했다. 김원상의 메시지가 몇개 도착해 있었다. 오전에 받은 메시지 이후로 답신이 없자 눈치를 살피는 듯했다. 한영진은 오늘 밤 집에서 어떤 말이 오갈지를 상상해보았다. 김원상과 얘기할 마음이 없었다. 적어도 오늘은 그랬다. 그러면 삐쳤느냐고 물을 것 같았다. 또 삐쳤느냐고. 한영진은 어깨를 따라 흘러내리려는 가방 끈을 고쳐 메며 전철역을 향해 걸었다. 전철이 승강장에 들어오고 문이 열리고 사람들이 내리는 것을 바라보며 서 있다가 전철에 올라탔다. 오늘은 남편보다는 엄마와 대면할 일이 걱정이었다. 한영진에게도 하고 싶은 말이 있었다. 이순일에게 묻고 싶은 오랜 질문이. 왜 나를 당신의 밥상 앞에 붙들어두었는가. 한영진은 그러나 그걸 말할 자신이 없었다. 그 질문을 들은 이순일의 얼굴을 볼 엄두가 나지 않았다. 대답을 기다리는 순간을 대면할 용기가 없었다. 이순일은 이제 칠십대였고 일생 아이들을 돌보느라 여기저기 아픈 데가 많았다. 아마도 끝까지, 그걸 묻는 순간은 오지 않을 거라고 한영진은 생각했다. 그런 걸 물으면 엄마는 울지도 몰랐고 한영진은 엄마가 우는 걸 보고 싶지 않았다.

너 하고 싶은 걸 다 하고 살 수는 없어.
기억에 있는 것 같기도 하고 없는 것 같기도 한 누군가의 목소리로 한영진은 그 말을 들은 것 같았다. 조금 전에 전철 안에서. 누가 말했는지를 보려고 한영진은 고개를 돌렸다.
전철이 지하 구간을 벗어나 지상의 밤 속으로 나아간 뒤 철교를 건너기 시작했다.

–

거짓말.

–

거짓말, 하고 생각할 때마다 어째서 피 맛을 느끼곤 하는지 모를 일이라고 한영진은 생각했다.

무명無名

이순일은 날아서 눈더미에 박힌 적이 있었다.

어릴 때였다.

세살이나 네살쯤.

눈 속에서 깜짝 놀란 채 밤하늘을 보았다. 깨질 듯 밝은 별이 몇점 있었고 이순일의 눈과 입은 눈으로 덮여 있었다. 입속에 든 눈은 금세 녹아 목구멍으로 흘러들었다. 이순일이 평생 맛본 것 중 그것과 닮은 맛을 가진 사물은 무명밖에 없었다. 싸늘한 무명. 소색素色 실로 짠 그물 같은 맛. 이순일을 눈더미에서 건진 건 어머니였다. 그랬을 거라고 이순일은 믿었다. 왜 다른 사람이겠는가. 아이를 왜 던지느냐고, 어머니가 누군가를 나무라듯 말했다. 밤에 마루에서 뛰며 노니까, 하고 누군가가 답했다. 마루 끝에 불빛을 등지고 선 사람이 있었다. 아버지였을 거라고 이순일은 믿었다. 왜 다른 사람이겠는가.

너는 어머니와 아버지 중 누구를 닮았느냐고 순자가 물었을 때 이순일은 그 순간을 생각했다. 그 밤, 그 밤의 낙하, 좁은 등을 푹신하게 받아낸 눈더미와 겨드랑이를 누르던 손가락. 얼굴은 기억나지 않았다. 그 두 사람은 이순일의 인생에서 너무 이른 시기에 사라졌다. 아버지는 인민군 치하에서 마을위원회 위원장을 맡았다가 전선이 뒤집히는 바람에 실종되었다. 자수하면 산다는 조언을 듣고 국군 쪽으로 자수하러 갔다가 돌아오지 않았다. 이순일은 그가 어디서 어떻게 죽었는지, 혹은 어쩌다 영영 돌아오지 못하게 되었는지 아는 바가 없었지만 어머니의 죽음에 관해서는 들은 이야기가 있었다. 마을에 전염병이 돌았다. 네 엄마는 병에 걸려 물을 길으러 가지도 못하는 이웃의 부탁을 거절하지 못하고 환자가 있는 집에 물동이를 이고 들어갔다가 병을 얻었다.
북에서 군인들이 내려오기 전이었다. 이순일은 그즈음 아이들만 모인 방에서 며칠 먹고 잔 기억이 있었다. 하루는 백부가 찾아와 엄마를 보러 가자고 마당으로 불러내 그를 따라나섰는데 목적지에 당도하고 보니 전에 가본 적 없는 큰 집이었다. 종이를 바른 분합문들이 등자쇠에 걸려 대들보를 향해 들려 있었다. 방이 많았다. 그 많은 방을 일일이 들여다보며 돌아다닌 기억이 이순일에게 있었는데 꿈인지 환시인지 방들은 비어 있었고 바람을 다 통하게 해두어 구들이 싸늘하게 식어 있었다. 이순일이 지쳐 그중 어느 방에서 마당을 내다보고 있을 때 수염을 조잡하게 기른 노인이 마당을 건너다 밀고 얘, 니 엄마 어디 갔느냐 묻고 낄낄 웃었다. 입속이 까맸다. 그런 노인을 그런 집 마당에서 본 기억이 있었다. 아마 그날 엄마가 죽었을 거라고 이순일은 순자에게 말했다. 그날이 돌아가신 날일 거라고.

네가 슬펐겠구나.

순자가 말했고 이순일은 그렇지 않았다고 답했다. 당시엔 뭘 모르는 애기였으니까…… 슬프거나 하지도 않았고, 조금 더 자라고 나서야 그런 생각을 할 수 있었다고 이순일은 말했다. 순자가 이순일에게 어머니의 이름을 물었기 때문에 시작된 이야기였다.

한세진이 독일에 간다고 말했을 때 이순일은 순자를 찾아보라고 말했다. 너 거기 가면 순자를 만나봐라, 순자를 찾아봐. 한세진이 눈을 깜박이며 이순일을 보았다.

그게 누군데?

순자.

순자가 누구야?

순자를 몰라?

누군데?

니가 순자를 모른다고? 이순일은 어리둥절해 한세진을 바라보았다. 이 애가 순자를 모르는구나. 강원도 철원군 갈말읍 토성리 갈골에서 부모와 사별한 순자, 지경리에서 할아버지와 살던 순자, 그리고 그 순자가 열다섯살 때 경기도 김포군 양서면 송정리에서 만난 순자. 내 동무, 이웃, 동갑이자 동명同名인 순자. 내가 순자의 뺨을 때렸고 순자는 울지도 않았다. 이 이야기를 다 어떻게 할까, 어디부터. 이순일은 말문이 막혀 한세진의 얼굴을 보았다.

그분이 독일에 계셔?

그렇다고 답하려다가 그게 사실이 아니라는 걸 이순일

은 알았다. 이순일은 1967년 이후로 순자와 대화를 한 적이 없었다. 송정리 시장 일부와 인근 집 몇채를 전소시킨 화재가 일어난 뒤로는 얼굴조차 본 적이 없었다. 그런데도 이순일은 여태 자기가 그렇게 믿었다는 걸 알았다. 순자는 독일에 있다. 독일에 갔고, 독일에 있다. 보고 들은 것처럼 그 믿음이 생생했다. 왼쪽 가슴에 태극기를 바느질로 붙인 투피스 양장을 입고 스타킹에 구두를 신고 장시간 비행을 각오하듯 질끈 묶은 머리를 하고 뒤를 돌아보는 순자. 반백인 머리를 짧게 자르고 단색 니트 셔츠를 입고 순하게 늙은 모습으로 흰 벽을 등지고 앉아 웃고 있는 순자. 이순일은 참, 이상한 일도 있다고 생각했다. 보지도 듣지도 못한 순자의 과거와 현재가 왜 내게 이렇게 선명한가. 얘, 니 엄마 어디 갔느냐. 생각할수록 너무 선명해 꿈이고 거짓인 것 같은 광경들. 그러면 이것은, 하고 이순일은 생각했다.

이것은 누구의 꿈일까.

—

이순일은 바구니에 빨래를 담아 옥상으로 올라갔다. 한영진의 블라우스와 김원상의 티셔츠와 한중언의 셔츠를 널고 아이들 바지와 타이즈까지 집게로 고정하고 나니 빨래 무게로 빨랫줄이 늘어졌다. 이순일은 바지랑대를 움직여 줄을 팽팽하게 받친 뒤 뒤로 물러섰다. 빨래 냄새를 맡으니 콧속이 시원해졌다. 숨을 들이마시며 남쪽으로 150여 미터 떨어진 사면을 바라보았다.

말끔하게 깎인 사면이 흙을 드러낸 채 거대한 벽처럼 솟아 있었다. 이쪽을 덮칠 작정으로 곤두선 파도 같기도 했다. 부서진 집 파편들을 굴착기로 긁어내는 소리가 구르릉, 우르릉, 하고 들려왔다. 현장이 보이지는 않았다. 반대쪽 사면에 있는 듯했다. 이쪽 사면은 지난주에 정리가 끝났다. 우산이며 신발장이며 세간을 베란다에 늘어놓은 집, 빛바랜 기와를 얹은 경사지붕 아래 다락 창이 달린 옛날 집, 벗겨진 페인트칠과 금 간 외벽을 방치해둔 집들이 층을 이루며 사면을 덮고 있었는데 이제 다 사라졌다. 내년 완공을 목표로 아파트 건설이 진행되고 있었다. 이순일은 그 정도로 기울어진 사면에 아파트 같은 큰 건물을 단지로 짓는다는 게 마음에 들지 않았다. 저 기운 땅이 그 높이며 무게를 버틸 것인가. 의구심에 눈을 흘기며 그쪽을 볼 때마다 와우산 비탈에서 창전동을 향해 무너져내린 아파트가 생각났다.

1970년 봄이었는데 그땐 시장에서 과일을 팔았다. 건어물 가게 옆에 함지를 두고 장사했는데 잘 팔렸다. 시장이 잘될 때였다. 너무 바빠 손 닿는 곳에 있는 먹거리를 집어 입에 넣는 것으로 속을 채우는 날도 많았다. 이순일은 그때부터 토마토를 먹었다. 일하다 말고 허기나 갈증, 현기증을 느끼면 토마토를 집어 그 자리에서 먹었다. 한알이면 배가 불렀고 갈증이 사라졌다. 이순일은 감기며 잔병에 잘 걸리지 않았고 나이를 먹어서도 비교적 좋은 시력을 유지하고 있었다. 토마토를 꾸준히 먹었기 때문이라고 이순일은 믿었다. 아이들에게도 토마토를 먹으라고 입버릇처럼 일렀는데 애들은 그걸 잘 먹지 않았다. 입이 붓는다고 질색했다. 토마토에 독이 있다는 걸 이순일은 알고 있었다. 당연하지 않은가. 그 정도로 힘센 열매에 독이 없을 리가.

여기 화단에도 토마토를 기르고 있었다. 매년 새로 모종을 구해 심었다. 화단은 이순일의 것이었다. 엄마 화단. 식구들 모두 그렇게 불렀다. 이순일이 만든 화단이니까. 벽돌과 콘크리트 블록으로 테두리를 두르고 방수포를 여러겹 깔고 흙을 여기저기에서 모으고 구해 시간을 들여 화단을 채웠다. 몇년 전에 가로 1미터, 세로 1미터 정도로 시작된 화단은 이제 가로 3미터, 세로 1.5미터 정도로 확장되었다. 올여름에도 크기가 각각으로 울퉁불퉁하게 자란 토마토가 거기 열렸다.

꽃을 심은 화분들도 지난해까지는 있었지만 여름에 놀러 온 사돈댁 아이들이 다 뜯어놓은 뒤로는 흙을 옮기고 화분을 비워 엎어두었다. 채송화, 백일홍, 접시꽃, 풍접초. 아이들이 한차례 옥상을 휩쓴 뒤 올라가보니 꽃송이들은 다 바닥에 떨어져 있고 화단이며 화분엔 모가지 잘린 꽃대들만 솟아 있었다. 그 아이들의 부모들도 이순일의 아이들도 그 일을 안타깝고도 조금은 재미난 아이들 일로 보았지만 이순일은 그뒤로 나흘 동안 집안일에 손대지 않았다. 용서할 수 없었다. 남은 건 국화 한줌과 풍선덩굴뿐이었다.

이순일은 빨갛게 익은 토마토를 따 손에 쥐었다. 햇볕에 달궈져 거의 뜨거웠다. 좋은 흙을 구할 수 있다면 더 바랄 게 없겠는데. 토마토를 쥐고 생각했다. 여기에서는 좋은 흙은 고사하고 흙 자체를 구하기가 어려워. 아쉬울 때마다 이순일은 철원 토성리와 지경리 밭들을 생각했다. 균질하게 검은 흙으로 이루어진 폭신한 두둑들. 무며 배추며 거기선 뭐든 잘 자랐다. 한세진과 한영진은 이순일이 그 밭과 거기서 자란 작물을 탐하는 티를 낼 때마다 차라리 살림을 정리하고 그 마을로 돌아가 사는 것이 어떠냐고 묻곤 했다. 터무니없는 이야기였다. 이순일에게는 그럴 생각이 없었다. 그곳이 그립지는 않았다. 38선 이북 출신인 한중언은 때마다 고향이 있는 방향을 보러 임진각에 가곤 했지만 이순일에게는 그럴 것이 없었다. 사람들이 고향이라고 말하는 곳, 거기엔 그리울 것이 더는 남아 있지 않았다. 옛날이나 지금이나 거기엔 노인들이 남아 있었다. 이순일은 자기가 아는 노인들의 얼굴을 생각했다. 지혜롭지도 선하지도 않은 그들의 얼굴을. 늙는다는 건 본래 그런 것인지 모르겠다고, 진녹색 줄기 사이를 뒤지며 이순일은 생각했다. 나도 늙었지 이제 늙었어. 토마토를 서너개 더 따서 앞치마 주머니에 넣고 아래층으로 내려갔다.

한영진이 잠이 덜 깬 모습으로 식탁 앞에 앉아 있었다. 마른 머리에 마른 얼굴이었다. 아직 세수도 하지 않은 것 같았다. 이순일은 토마토를 꺼내 싱크대에 올리며 물었다.

밥 줄까.

한영진이 고개를 저었다.

토마토 줄까.

이순일은 물줄기 속에서 토마토를 비벼 씻은 뒤 도마에 올리고 재빨리 썰었다. 납작한 접시에 토마토를 담고 설탕을 뿌려 한영진 앞에 두었다.

나 이거 먹으면 입이 부어.

짜서, 하고 덧붙이면서도 한영진은 포크로 토마토를 찍어 입에 넣고 으적으적 씹었다. 치통을 참는 것 같은 얼굴이었다. 뭔가를 먹을 때 저 애는 자주 저런 표정을 하고는 했다. 이순일은 며칠 전 한영진이 한 말을 생각했다. 한영진은 이순일에게 물었다. 왜 그랬느냐고. 이유를 묻는 말이었지만 대답을 바란 질문이 아니라는 걸 이순일은 알았다. 이순일은 물줄기에 도마를 대고 물렁물렁한 토마토 씨앗이 도마에서 쓸려나가는 걸 바라보았다. 엄마, 하고 한영진이 갈라진 목소리로 말했다.

나 물 좀.

순자야.

토성리와 지경리 사람들은 이순일을 그 이름으로 불렀다.

애 순자야.

순자 조년이.

순자 년이.

그 이름으로 나를 부른 어른들은 이제 죽었거나 거의 죽은 상태일 거라고 이순일은 생각했다. 전쟁이 일어난 해에 월북한 백부도 죽었을 테지만 그의 아내였던 백모는 당시 어렸으니 모처에 아직 살아 있을지 몰랐다. 백부의 두번째 아내. 그가 백부의 집에 맡겨진 이순일에게 밥을 해 먹였다. 동그랗고 납작한 쪽을 검은 못 같은 비녀로 고정하고, 염색하지 않은 저고리와 구겨진 치마 차림으로 아궁이 불을 들여다보거나 나무 주걱으로 죽을 젓던 그를 이순일은 기억했다. 백모의 머리에 꽂힌 비녀가 너무 커 저러다 가마솥으로 슬겅 빠져버리는 건 아닌가, 불안해 바라보던 마음을. 그때엔 그 비녀가 너무 크다고 생각했는데 어른이 되고서야 그걸 꽂은 쪽이 어린애 주먹보다 작았다는 것을 이순일은 기억해냈다. 백모는 이따금 밤에 발가락으로 이순일의 다리를 꼬집었다. 이순일이 아프고 놀라 벌떡 일어나 곁을 보면 빤히 이쪽을 보고 있는 백모의 얼굴과 흰 눈이 어둠 속에서도 보였다. 이순일은 낮이고 밤이고 그 얼굴의 뭔가가 이상하고 징그러웠다. 많아야 열둘 혹은 열셋이었을 것이다. 한영진과 한세진과 한만수가 그 나이쯤 저지르곤 했던 황당한 일들을 생각하면 시간이 만인에게 공평하다는 것은, 글쎄 어디서 들었는지 최근에 이순일은 그 말을 생각하고는 했는데, 도무지 말이 되지 않는 이야기였다.

백모는 어디 사람이었을까, 나중에 생각하고는 했다. 남쪽 지역 사투리가 말에 섞여 있었다. 그는 어디서 왔을까. 찢어지게 가난한 집에서, 하고 어른들이 말하곤 했다. 어린 나이에 그 말을 듣고 이순일은 기겁해 생각했다. 어디가 찢어져, 뭐가 찢어져? 백모의 얼굴을 볼 때면 그 말이 생각났고 싫었다. 두려웠는지도 몰랐다. 저고리와 치마 아래 찢어진 것을 감춘 여자. 그를 두번째 아내로 들인 백부는 철도 관련 사업을 하러 지포리에 들어와 살던 일본인들과 교류가 있었다. 그들의 사무실에서 일해 번 돈으로 재산을 모은 그는 인민군이 산을 넘어 토성리 갈골에 들어왔을 때 신변을 염려해 다급히 동생을 찾아갔다. 마을위원회 어른들이 그 길에 동행했다. 자네가 배우지는 못했어도 똑똑하니까, 하며 그들이 이순일의 아버지에게 위원장을 대신 맡아달라고 사정할 때, 집안사람이 새로운 체제에서 한자리하고 있으면 나머지 식구에게 좋다고 거든 사람이 백부였다고 이순일은 들었다. 자기들끼리 말하는 중에 그 말을 이순일에게 흘린 노인들은 그러게, 혼란스러울 때 사람이 똑똑하지 못하면 그런 일을 당하는 거라고 혀를 찼다. 유엔군이 갈골 일대를 탈환했을 때 자수를 권한 사람도 백부였다고 그들은 말했다. 백부는 국군 쪽으로 자수하러 간 동생이 실종되자 겁을 먹고 월북을 결심했다.

이순일은 그 밤을 기억했다.

배추밭이었다. 백부와 백모 말고도 사람이 더 있었다.

어른들이. 그들을 따라 서리 덮인 밭골을 기었다. 두둑이 높아 고랑이 깊었다. 살짝 얼어 면도날처럼 선 흙바닥에 손이며 턱을 베였는데 아픈 줄도 몰랐다. 버려질까 봐 무서웠다. 열심히 기어도 어른들을 따라갈 수 없어 뒤처졌다. 마음만 다급한 와중에 번개인지 조명탄인지 때문에 하늘이 갑자기 환해졌고 앞서가던 어른들이 납작 엎드렸다. 그것을 보고 따라 엎드렸는데 차고 축축한 바닥에 이마를 대고 있다가 고개를 드니 어른들이 다 사라지고 없었다.

어른들이 다 사라지고 없었다.

이순일은 입을 다물고 그 밤을 가만히 생각했다. 달빛을 받으며 활짝 펼쳐진 배추들 사이에 앉아 있다가 길을 되짚어 백부의 집으로 돌아갔다. 부엌을 뒤져 남은 걸 먹고 어른들이 떠나고 없는 집에서 며칠 잤다. 하룻밤 자고 두밤 자고 세밤 자고. 그러다 마을 어른들에게 발견되어 그보다 남쪽 마을인 지경리로, 그때까지만 해도 피란 갈 기운 없으니 죽어도 여기서 죽을 작정이라며 집에 머물고 있던 외조부에게 맡겨졌다.

이순일은 외조부의 사진을 한장 가지고 있었다. 아이들

이 자라는 동안 천장 가까운 벽에 걸어두고 때마다 늘어나는 가족사진을 나란히 걸어두었다. 이순일과 한중언의 결혼, 한영진의 첫돌, 한만수의 첫돌, 한영진의 국민학교 입학, 한세진의 중학교 졸업, 한영진의 고교 졸업과 한만수의 대학 입학. 사진이 늘어갈수록 이순일에게 외조부의 얼굴은 낯설어졌다. 엄마가 엄마 외할아버지를 닮았나보다라고 한영진인가 한만수인가 말한 적이 있었으나 이순일이 보기엔 닮은 구석이 없었다. 이순일은 그를 좋아한 적이 없었다. 조그만 노인의 성품이 괴팍했다. 갑자기 소리를 지르거나 했고 검고 희고 고불고불하고 빳빳한 털이 다 섞인 수염을 방치하듯 길렀으며 저고리 앞자락이며 바지에서는 시큼한 막걸리 냄새가 나고 행전이며 옷깃이며 때로 더러워도 부끄러움을 모르고 글을 모르고 고집이 셌다. 소개령으로 지경리를 떠나 수원 모처에서 피란생활을 할 때에도 어쨌거나 이순일을 데리고 다니긴 했지만 자기는 먹고 외손녀는 굶기기 일쑤였고 전쟁이 끝나 지경리로 돌아온 뒤에는 멍에를 외손녀 어깨에 걸거나 허리에 묶어 끌게 하고 본인은 쟁기를 붙들고 따라오며 밭을 갈게 했다. 그 고된 노동이 싫어 이순일이 학교에 가 있으면 지게 작대기를 쥐고 나타나 다급한 일이 있는 것처럼 외손녀를 불렀다. 순자야. 순자야.

야.

니 할아버지 왔다.

같은 교실에서 공부하는 동기들이 그렇게 이르면 이순일은 부끄럽고 수치스러워 얼굴을 붉히며 그를 따라갈 수밖에 없었다. 밤에 이순일이 글자를 쓰고 읽느라고 호롱불을 밝혀두면 손가락으로 심지를 비벼 불을 꺼버렸다. 평소엔 말도 별로 없는 노인이 술 마시고 사람을 만나면 이순일을 가리키며 저거 하나 남았다고 말하곤 했다. 다 죽고 저거 하나 남았어.

저거 하나 살았어.

외조부가 그렇게 말할 때마다 이순일은 싫었다.

용서할 수 없었다.

그에게 맡겨진 외손녀가 하나가 아닌 둘이었기 때문에.

배추밭을 혼자 기었다면 어른들을 놓치지 않았을 거라고 이순일은 생각했다. 혼자였다면 그 밭을 무사히 기어 어른들을 따라갈 수 있었을 것이다. 하지만 동생이 있었어. 그 아이가 조그만 양파 꾸러미처럼 내 등에 묶인 채 업혀 있었다. 앞으로 나아가려고 발로 바닥을 밀고 엉덩이를 들 때마다 등에 업힌 동생의 머리가 달랑거리며 목뒤를 짓눌렀다. 다섯살 등에 업힌 세살의 무게. 나는 그 밤 그 밭골에서 천근만근의 무게를 알았다. 백부의 집으로 돌아가는 길에도 그 아이는 내 등에 업혀 있었어. 마당으로 들어서서 달을 등진 채 한동안 서 있을 때에도, 다급히 짐을 꾸려 떠난 흔적으로 어수선하게 어질러진 방에서 날이 밝기를 기다리며 누워 있을 때에도 그 아이는 있었다. 그뒤로 몇밤 더 지나고 마을 어른들에게 발견된 때에도 그 아이는 있었고 지경리 집 삽짝을 밀고 들어가 할아버지를 봤을 때에도, 흠투성이 개다리소반에 올린 삶은 감자와 동치미로 그 집에서 첫 밥을 먹을 때에도 그 아이는 있었다.

겨울에 중공군이 지경리로 내려왔다. 솜을 넣고 누빈 덧옷을 허리띠로 졸라매 입고 방한모를 쓴 그들이 한동안 마을에 머물렀다. 그들은 상관의 명령에 고분고분 따랐고 왕성하게 먹었다. 집집마다 뒤져 짐승들을 잡아다 먹었고 곡식과 솥을 가져갔다. 외조부를 비롯해 마을 사람들은 그들이 아무것도 몰라 소여물을 끓이는 솥에다 밥을 하고, 거름으로 만들려고 오줌을 받아 삭히는 데 쓰는 항아리에 음식을 담아 먹는다고 경멸했지만 그들이 부르면 말없이 나가 일을 도왔다. 그들의 식사 준비인지 뭔지를 거들러 외조부가 잠시 집을 비운 사이에 이순일은 불을 쬐려고 아궁이 앞에 앉았고 그때도 그 아이는 곁에 있었다.

저녁밥을 짓느라 솥을 걸어둔 아궁이에 불이 지펴져 있었다. 불을 향한 얼굴과 어깨가 뜨끈해 졸음이 쏟아졌다. 동생의 솜누비치마가 재로 얼룩진 바닥에 작은 종 모양으로 펼쳐져 있던 것을 이순일은 기억했다. 동생이 울며 엄마를 찾고 나는 부지깽이로 불을 쑤시고. 그러다 불붙은 나뭇가지가 부엌 바닥으로 끌려나와 그 아이의 치맛자락에 불을 옮겼다. 불티가 튀어 일어난 일일 수도 있지만 이순일은 그렇게 불이 붙었다고, 그렇게 기억했다. 치마와 저고리를 채운 솜이 불티를 머금고 빨갛게 타들어갔고 까만 불꽃이 겉감을 태우며 날름날름 위로 올라갔다. 마당으로 뛰어나간 동생이 흙바닥을 굴러도 불은 꺼지지 않았다. 이순일이 부지깽이로 불을 두드리자 치마며 저고리가 펄럭거려 그 바람에 더 타는 것 같았다. 이순일이 어쩌지 못하고 비명만 지르고 있을 때 외조부가 돌아왔다. 그땐 이미 불붙은 옷감이 피부에 들러붙어 그 아이의 살을 태우고 있었다. 외조부가 달려들어 손으로 불을 비볐다. 그가 정신없이 두 손으로 두들기고 비벼 불을 다 껐지만 아이는 살지 못했다. 윗목에 누워 있다가 사흘 만에 죽었다.

사흘이 걸렸다.

동생이 있었나, 싶은 순간도 있었지만 이순일은 그 사흘을 완전히 잊은 적이 없었다. 쓸 수 있는 것이 없었고, 할 수 있는 것이 없었다. 외조부가 시키는 대로 감자를 갈아 동생의 몸에 붙였다. 감자 반죽이 동생의 피고름을 빨아들여 자주색이 되었다가 갈색이 되었다가 이윽고 검은 딱지처럼 굳어가는 걸 지켜보았다. 낮이고 밤이고 윗목을 바라보며 동생의 숨이 끊어지기를 기다렸다.

그 냄새, 그 소리.

외조부의 손엔 화상이 남았다. 켈로이드로 두 손이 일그러지고 손톱이 빠졌다. 왼손 엄지와 검지, 오른손 검지와 중지. 외조부는 그것이 네 탓이라거나 동생의 죽음이 네 탓이라고 말하지는 않았다. 그 일 자체를 입에 올리지 않았다. 그러나 외조부가 저거 하나 남았다고 말할 때마다 이순일은 그 이야기를 하고 있다고 생각했다. 저 아이가 불붙은 솜을 두드려 그 아이의 몸에 붙은 불을 돋우는 바람에. 외조부가 그렇게 말하지는 않았지만 이순일은 그 말을 다 들은 것 같았다. 용서할 수 없기 때문에 말하지 않는 거라고 이순일은 생각했다.

저거 하나 살았어.

너의 아버지와 배다른 형제라고 주장하며 고모가 데리러 왔을 때 이순일에게는 떠나지 말아야 할 이유 같은 것이 없었다. 고모를 따라 김포군 송정리로 갔다. 1960년 여름, 이순일이 열다섯 되던 해였다.

—

이순일은 지난밤 개수대에 내버려둔 팬을 닦다가 호박전 반죽이 남았다는 걸 떠올렸고 그걸 깜빡 잊고 냉장고에 넣어두지 않았다는 걸 알았다. 플라스틱 함지를 덮은 종이 타월을 들어보니 반죽 위에 물이 좀 고였지만 상태가 괜찮은 것 같았다. 상하지 않았다. 오늘은 휴일이고 점심쯤엔 모두 깰 테니까 그때 반찬으로 부쳐 먹어도 괜찮을 것 같았다. 5층 냉장고엔 자리가 없어 함지를 들고 4층으로 내려갔다. 한세진이 욕실에서 이를 닦고 있다가 머리를 내밀었다.

언니 일어났어?

도로 자러 들어갔어.

그렇게 싸우고도 언니부터 찾는다, 하고 이순일은 생각했다. 한세진이 물을 틀고 입을 헹구는 소리가 들려왔다.

지금 가게?

아니에요, 이따 낮에 갈 거야. 아버진 언제 나갔어?

새벽에 나갔지.

생일인데.

경비 일에 생일 있냐. 요즘은 5시에 출근한다.

어젯밤에 한세진은 한영진과 다퉜다. 한세진이 들고 온 포도주와 김원상이 발코니 깊은 구석에서 끄집어낸 양주를 따서 마시기 시작했을 때만 해도 괜찮았는데 한중언이 자러 내려가고 김원상도 술이 올라 불그레한 얼굴로 자러 들어가자 분위기가 달라졌다. 한영진이 한세진에게 지금 하는 일은 뭐냐, 월급을 받는 일이냐, 얼마씩 받느냐고 캐묻더니 한세진이 계속 어물쩍 넘기듯 대답하자 언제까지 그러고 살 거냐고 말했다. 너 계속 그러고 있을 거면 내 밑으로 들어와서 일 배워.

싫어.

뭐가 싫어.

난 그 일 못해.

왜 못해.

잘할 자신 없어 언니.

처음부터 잘해서 하니? 다들 하면서 배우는 거야.

난 그 일 하고 싶지 않아.

세진아, 하고 한영진이 말했다. 너 하고 싶은 것만 하고 살 수는 없어.

사람이 어떻게 하고 싶은 것만 하며 사니.

이순일은 그 말을 듣고 한세진의 표정이 싸늘해지는 걸 보았다. 애써 부드럽게 넘기려는 듯한 태도가 사라지고 가족 모두가 아는 그 표정, 이마가 평평해지고 눈꺼풀이 내려오며 말문을 닫는 얼굴이 되었다. 한영진도 입을 다물었다. 그것도 모두가 아는 표정이었다. 구제불능, 하고 도장을 찍고 더는 상종하고 싶지 않다고 선언하는 듯한 얼굴. 싸움은 그렇게 중단되었다. 어렸을 때에는, 하고 이순일은 생각했다. 이 아이들이 어렸을 때에는 다투거나 하면 즉시 개입할 수 있었는데, 한쪽을 혼내거나 둘 다 혼내거나 달래거나 중재할 수 있었는데, 지금은 그게 가능하지 않았다. 아이들은 어릴 때만큼 자주 다투지는 않았지만 훨씬 신랄하고 내밀한 것을 두고 다두었다. 그게 무엇이든 이순일은 가책을 느꼈다. 그게 무엇이든, 자기 손으로 건넨 것이 그 아이들의 손으로 넘어가 쪼개졌고 그 파편을 쥐고 있느라 아이들이 피를 흘리는 거라고 이순일은 생각했다.

이순일은 반죽을 냉장고에 넣고 앞치마를 끄르며 방으로 들어갔다. 한중언과는 오래전부터 방을 따로 사용하고 있었다. 이순일은 옷가지와 이불과 소형 가전과 접시를 보관하는 가구들로 방을 채웠고 한중언은 전동 침대와 책상과 회전의자와 책꽂이와 서류들을 자기 방에 두었다. 갈골 문서도 그 방 어딘가에 있을 것이다. 이순일의 아버지 것이었다가 한중언의 명의로 등록된 산山 지번이 기록된 문서. 이순일은 그 문서의 가치에 관심이 없었다. 그 산이 어디쯤인지는 알았다. 가을이 되면 다 갈색 솔잎으로 덮여 푹신한 산비탈에 밤송이들이 툭 툭 떨어질 것이다. 밤나무가 많은 산이다. 하지만 밤 한톨 가지고 나올 수 없다. 그 산이 재산으로서 아이들에게나마 유용하려면 통일이 되거나 그것과 비슷한 규모의 남북 간 교류가 있어야 하는데 한중언이 그걸 바라는 것 같지는 않았다. 그가 익히 안다는 빨갱이들하고, 어떻게 잘 지낼 수 있을까. 이순일은 화장대에 놓인 지갑을 집어 체크카드와 지폐를 확인한 뒤 주머니에 넣었다. 햇빛을 가려줄 모자를 어디 두었는지 몰라 여기저기 선반을 뒤적이며 방 안쪽까지 들어가 침대 위에서 그걸 발견했다. 거기가 그 방의 막다른 곳이었다.

이순일은 거기까지 겨우 한 사람이 걸어갈 수 있을 정도로 좁은 통로만 남기고 각종 서랍장과 옷장과 선반을 방 안에 들여 미로를 만들어두었다. 두개의 모퉁이를 돌아 ㄷ 자로 이어지는 길을 걸어야 가장 안쪽에 놓인 싱글 침대에 이를 수 있었다. 침대에 이르는 길 양쪽엔 투명

한 유리문이 달린 장식장이 있었고 그 속엔 이제 바깥에 나가 살고 있는 아이들 것을 비롯해 가족 구성원 모두의 사계절 옷이 쌓여 있었다. 색이 저마다 다른 직물들의 단면 때문에 그 방 속은 매 세기마다 다른 퇴적물이 쌓인 협곡 같았다. 엄청난 사물의 밀도 때문에 누구도 이순일의 방에 들어갈 엄두를 내지 못했다. 이순일은 그것에 만족했다. 미로의 끝인 침대에 누우면 커튼을 달지 않은 창으로 하늘이 보였다. 이순일은 그 자리에서 혼자였고 편안했다. 그리고 그 근처에서 자주 뭔가를 잃어버렸다. 좋은 것이 생기면 나중에 잘 쓰려고 거기 어딘가에 넣어두곤 했는데 둔 곳을 종종 잊었다. 내가 너무 잘 두는 바람에, 그럴 때마다 그렇게 말했고 그 좋은 것을 끝내 찾아내지 못해도 크게 상심하거나 신경 쓰지 않았다. 사라진 것도 잃어버린 것도 아니고 잊은 것일 뿐, 거기 다 있을 테니까.

이게 다 뭐야.

한만수는 한국에 돌아올 때마다 4층 상태에 기겁했다. 이순일의 방과 부엌과 베란다를 채운 사물들을 바라보며 망연히 서 있다가 엄마, 좀 버리시라고, 버려야 한다고 말했다. 물건이 쌓인 광경을 본 것이 아니고 어떤 징조나 무슨 증상을 보기라도 한 것처럼 상심한 얼굴이었다. 그 아이가 입국해 이 집에 머물 때마다 몰래 물건을 내다 버린다는 걸 이순일은 알고 있었지만 그것도 크게 신경 쓰지는 않았다. 무엇이 사라졌는지 모르고 지냈다. 잃은 것을 잊은 것으로 해두었다. 그러면 그건 거기 있었다.

—

모자를 쓰고 나서자 한세진이 어디 가느냐고 물었다.

금방 와.

어디 가는데.

지팡이로 짚어가며 한단씩 계단을 내려가는 동안 한세진이 뒤에서 따라왔다. 넘어질 것 같으면 뒤로 넘어져요 나 있으니까. 천천히 계단을 다 내려가 바깥으로 나서자 햇빛 때문에 모자 그늘 속에서도 눈이 부셨다. 이순일은 한세진이 곁에서 걷도록 내버려두고 시장 쪽을 향해 걸었다. 도로 쪽으로 차양을 넓게 친 슈퍼마켓에서 모퉁이를 돌았다. 거기부터 완만한 내리막으로 아케이드형 시장이 500미터쯤 이어졌다. 과일과 생선은 그럭저럭 괜찮고 육류는 시원치 않은 시장이었다. 야채는 좋을 때도 있고 그렇지 않을 때도 있었다. 이 시장의 장점은 사람이 모인다는 점이었다. 주말이나 명절이 아니라도 점심 저녁엔 장을 보거나 구경하러 나온 사람들로 통로가 북적였고 호객하는 상인들의 목소리엔 힘이 넘쳤다. 이순일은 실타래처럼 결이 살아 있는 꽈배기를 거의 금색으로 튀겨내는 노점에서 꽈배기를 두개 사서 한세진에게 하나를 건네고 자기도 하나 받았다. 꽈배기를 싼 마분지에 순식간에 기름이 뱄고 손가락에도 기름이 묻었다. 꽈배기를 먹으며 방앗간 앞을 지나면서 이순일은 창고에 보관 중인 들깨를 생각했다. 철원에 사는 옛 이웃사촌 김근일이 들깨 석되를 담은 자루를 보내왔다. 조만간 방앗간에 맡겨 기름을 짜야 했는데 이 동네 방앗간엔 맡기고 싶지 않았다. 서울 강서구에 오래된 방앗간이 있었고 거기 아닌 다른 방앗간엔 건고추든 깨든 좋은 품질의 물건을 맡기고 싶지 않았다. 이순일은 그 방앗간이 지금도 장사를 하고 있을 거라고 생각했지만 확신할 수는 없었다. 삼년 전에 마지막으로 가보았다. 방앗간 앞에 앵글 선반이 높은 키로 설치되어 있었고 칸마다 모종 화분들이 쌓여 있었다. 기름 짜러 오는 사람도 별로 없고 요즘은 모종을 팔아 돈을 번다고 방앗간 사장은 말했다. 사람들이 모종을 그렇게 사 간다, 잘 팔리니까 팔기는 하지만 모종을 뭐 한다고 그렇게들 사는지 모르겠어, 키울 데가 있을까, 하고. 삼년 전이었으니 지금은 어떨지 몰랐다.

이순일이 십대를 보내고 이십대에 결혼해 터를 잡고 장사하다가 사십대에 망해 쫓기듯 떠나고서도 육십대까지 꾸준히 드나들던 공항동 시장은 그때 이미 사라지고 있는 것 같았다. 빈 가게가 많았고 아직 장사를 하는 가게가 드문드문 남아 있기는 했어도 인기척이 없었다. 상인도 손님도 없이 시장은 늙어버렸다. 시장 입구에서 소마당으로 이어지는 오르막 샛길 상가는 쇠락해 무너질 일만 남은 것처럼 보였다. 그 길에서 장사하며 대소사에 서로 부조하고 이순일과 한중언을 포함해 다수의 상인이 연루된 계주 도주 사건으로 상처를 주고받은 이웃 상인들도 대부분 떠나고 없었다. 야채 가게, 생선 가게, 건어물전, 포목점, 완구점, 분식점, 모두 가게를 비우고 사라졌고 그 길에 남은 건 순대 노점뿐이었다. 비닐로 바람막이 벽을 세우고 순대 삶는 화로와 손님용 걸상 두개만 둔 노점에서 노인이 된 아주머니가 연탄을 넣은 의자에 앉아 담요를 목까지 끌어올린 채 졸고 있다가 손님을 맞았다. 이순일은 그의 젊은 시절 얼굴을 알았다. 아주머니 나 기억하느냐고 묻자 난감한 것처럼 눈을 굴리더니 순대를 썰어 도마 한쪽에 밀어주며 먹으라고 손짓했다. 이제 거의 듣지 못하는 것 같았다.

할머니 뭐 찾아요?

양모 먼지떨이로 구두 진열대를 쓸던 남자가 이순일을 향해 물었다. 이순일은 어린이용 에나멜가죽 구두에 눈을 두고 있다가 그의 말에 고개를 들고 등산화를 찾는다고 말했다. 그가 이순일의 지팡이를 흘긋 본 뒤 물었다.

할머니 신으시게?

내가 등산화를 가지고 뭘 해 아저씨. 딸 거 찾아요, 내 딸 신을 거.

남자가 꽈배기 기름이 묻은 입을 손등으로 닦고 있는 한세진을 턱끝으로 가리켰다.

저분?

아니 다른 딸, 딸이 하나 더 있어.

그러면은 여성용을 보셔야겠네.

그가 가게 안쪽으로 들어오라며 먼지떨이를 흔들었다.

순자야.

한 몇년 우리 집에 와 있으면 네가 원하는 대로 공부도 기술도 가르쳐주고 시골 것보다 좋은 거로 입히고 먹이다가 때가 되면 마땅한 혼처에 시집도 보내주마. 고모는 그렇게 약속했지만 고모를 따라 철원 지경리를 떠나 김포 송정리에 도착한 이순일은 첫날부터 약속의 실현을 단념했다. 고모네 아이가 일곱이었다. 고모와 고모부는 시장에서 주류 도매상을 하고 있었고 종일 공장과 시장과 소매상을 오가느라 그 많은 아이를 돌보지 못하고 있었다. 빨래와 식사 준비와 식후 처리만으로도 일이 산더미로 쌓이는 집이었다. 일주일 단위로 쇠장이 서는 소마당 가까운 곳에 그 집이 있었다. 궤짝에서 뜯어낸 거친 목재와 타르를 먹인 두꺼운 종이 상자, 슬레이트 조각 같은, 미군에서 나온 화물 쓰레기들을 덧붙이고 잇댄 하꼬방이었으며 바닥은 흙바닥이었다. 이순일은 그 집에 도착한 저녁부터 고모 부부에 이순일 자신까지 열 사람 살림을 떠안았다.

좋은 것.

고모는 이순일에게 그것을 약속했지만 그 집에선 좋은 것이 이순일에게 돌아오는 일이 없었다. 고기와 생선을 구우면 고모가 곁에서 지켜보았고 고모부와 첫째인 장녀, 넷째인 장남만 그 음식을 담은 접시를 받았다. 이순일은 새벽 한시에 잠자리에 누웠다가 여섯시에 일어났다. 남은 음식을 늘 부족한 양으로 먹고 그렇게 먹으면서도 하는 일은 많았지만 몸과 옷을 깨끗하고 단정하게 유지하려고 노력했다. 머리가 헝클어진 채로는 바깥에 나가지 않았고 블라우스를 입으면 목까지 단추를 채웠다. 이순일이 말쑥하게 씻기고 입힌 어린 사촌들 손을 잡고 시장을 가로지를 때면 상인들이 나와 구경하듯 바라보았다. 저 아이란 말이지. 식모가 몇이나 손을 내젓고 도망친 저 집 일을 저 아이가 저렇게 묵묵히 얌전하게, 다 한단 말이지.

고모 부부는 이순일이 여자아이라서, 이슥고 처녀라서 위험하다는 이유로 외출을 단속했다. 여긴 위험한 동네다, 너처럼 반반한 여자아이에게 일어날 수 있는 사건이 많다, 그렇다고 학교 공부를 하기엔 네가 너무 기본이 없다며 학교에도 보내지 않아서, 이순일은 집에 머물렀다. 빨래를 하고 밥을 하고 반찬을 만들며 고모네 아이들을 돌보았다. 열 사람 살림에 물이 늘 부족했다. 상수도 시설은 없고 소마당에서 서남쪽으로 백여 미터 떨어진 곳에 공동 우물이 하나 있었는데 거기서 물을 퍼내는 집이 수십이라 그 우물엔 물 고일 틈이 없었다. 이순일이 집안일을 하다가 조금만 늦어도 수위가 흙바닥에 닿아 있었다. 이순일은 몇차례 헛수고를 한 뒤에 새벽 세 시쯤 물을 길으러 다녔다. 빈 물통을 우물가에 내려두고 우물을 향해 머리를 내밀어 보면 검은 기름 같아 보이는 물이 먼 바닥에 출렁출렁 고여 있었다. 도르래도 없는 우물에 두레박을 내려 물을 담아 올리고 통에 붓기를 반복하다가 무거운 물통을 들고 돌아가는 길을 다섯번 왕복하고 나면 팔이 저리고 옷이 젖고 잠이 쏟아져 더는 할 수 없었다. 학교 다니는 첫째와 둘째 사촌이 아침에 머리를 감고 나면 저녁에 설거지할 물이 부족했다.

이순일이 그 집에 들어가고 이듬해, 고모 부부는 부엌에 우물을 만들었다. 고모부가 고용한 인부들이 구정물 냄새가 나는 붉은 흙을 부엌 바닥에 쌓아가며 며칠이고 땅을 판 끝에 120미터 깊이로 우물을 만드는 데 성공했다. 인부들이 시멘트를 발라 허리 높이까지 입구를 올리고 도르래를 달아두었다. 우물과 연결된 바닥에도 시멘트를 깨끗하게 발라 거기서 빨래를 하고 식재료를 손질할 수 있었다. 예쁜 가정용 우물이었지만 그것이 집 안에 생긴 뒤로 이순일은 더 나가지 못했다. 반찬거리를 사거나 고모 부부에게 점심 도시락을 전하러 시장에 갈 때 말고는 외출할 일이 없었다. 하루가 매우 번잡하면서도 고요하게 지나갔다. 얕은 그릇에 담긴 채 양달에 놓인 물처럼 시간이 증발해버렸다. 세제와 파 뿌리 냄새와 물 얼룩이 밴 우물가에서. 누가 오지 않는다. 궤짝에 담긴 조기 한뭇에 소금을 뿌리거나 하며 이순일은 생각했다. 내가 여기 있다는 걸 아는 사람이 없다. 그러니까 누가 안 와. 순자야.

하루는 고모가 부엌으로 들어서며 내일부터 이웃집에서 물을 길으러 올 거라고 이순일에게 일렀다. 한달에 오십원씩을 내고 우물을 빌려 쓰는 거라고 했다. 시장에서 물 두통을 배달해 쓰는 데에도 이십원씩인데, 하면서 고모는 옆집이 못마땅한 기색이었다.

이튿날부터 그 집 아이가 물을 길으러 왔다. 구부린 어깨가 넓고, 각진 얼굴에 눈이 가늘고, 뭔가를 물고 있는 것처럼 길게 다문 입 때문에 웃는 것처럼 보이는 아이였다. 이순일은 그 아이 이름이 순자라는 걸 알고 있었다. 여학교를 다닌다는 것도 알았다. 집에 잘 들어오지 않는 오빠가 있으며, 시장에 마련된 좁은 좌판에 민찌기를 두고 홍고추, 청고추, 마늘을 갈아 파는 어머니에겐 살림집기를 내던지는 주사가 있다는 것도 알고 있었다. 이순일은 소리로 그걸 다 알았다. 집과 집을 연결하는 합판벽은 손가락 한마디 두께도 되지 않았고 그걸로는 이웃의 소리를 막을 방법이 없었다. 순자는 인사도 없이 부엌으로 들어와 말없이 물을 길어 가져갔다. 학생용 구두를 착용한 발에 양말을 신고 있었다. 종아리 쪽으로 너무 당겨 신어 팽팽하게 늘어난 양말을 보며 이순일은 저 아이도 안다는 걸 알았다. 저 아이도 내 이름이 순자라는 걸 안다.

순자야.

순자야, 하고 모두 부르니까.

—

옆집에 순자가 있었어 친구가
영등포로 여고를 다니는 거야 어떻게 서로 알아가지고
친했어
조금 쉬느라고 걔네 집 가서 쉬고 있으면
고모부가 쫓아와서 이 집 오면 밥을 주냐 뭘 주냐 왜 자꾸
여기 오냐 깽판 치니까
그 집 엄마가 너 이제 오지 마라
못 먹고 못 자고 못 입고
안 되겠다 나 여길 나가야겠으니 어디 있을 데 좀 알려줘
순자 월급 받은 날 둘이서 짜장면 사 먹고 그때 최고 메
뉴인 짜장 사 먹고
어디 있을 데 좀 해줘봐 나 살 수가 없어 내가 순자한테
부탁을 했어
순자가 다 아니까 나 일하는 거
옆집 사람들이 다 며느리 삼고 싶어했어 이웃들이
시장 아저씨 아줌마들도 젊은 남자들도

내가 깔끔하고 어리고 머리는 길어서 맨날
싹싹 빗어 따든지 매든지 맨날 집에 있고 그 속에서 일만 하고
시장에 뭐 사러 나오기나 하지 뭐 나오면
나하고 결혼하고 싶다고 결혼시키고 싶다고 그러는 거야
고모가 아직 어려서 못 준다니까 그러면 약혼만 해놓고 이다음에
엄청 그랬어
일만 하고 얌전하니까 탐을 낸 거지 어른들이 저거 우리 집 며느리로 들어왔으면 하고
너 나가자
걔하고 짠 거지 순자하고
너를 취직을 시켜줄게 강원도 집에 간다고 하고
몰래 나와라 도망가자
순자가 알려준 데가 병원이었어 간호조무 일을 배우는
조건이야 남대문이야 위치가
주소를 적어준 거야
고모한테 강원도 갈래요 그랬더니 왜 가냐고 학원 보내줄 거라고

가지 말라고 그때서야

엄마 나 얼마 전에 친구가 상을 당해 장례식에 다녀왔는데 걔네 엄마 이름이 순자더라, 하고 한세진이 말했다. 작업실 근처에 자주 가는 백반집이 삼십오년 된 노포인데 알고 보니 거기 아주머니 이름도 순자야, 조순자.

또 있더라고 순자가.

그렇지.

순할 순順에 놈 자者인가?

이순일은 호흡이 가빠 너무 빠르게 걷고 있었다는 걸 깨닫고 걸음을 늦췄다. 순할 순順에 아이 자子. 쥰코, 순한 아이. 나는 그것이 내 이름인 줄 알았다. 그래서 나도 순자였어. 내 친구도 순자였다. 순자가 순자의 동무였다.

나는 그때 뭐든 순자랑 같이, 이순일은 문득 터진 기침을 참느라 얼굴을 붉히며 생각했다. 뭐든 순자가 같이. 세달 내내 이어진 기침이 이상하니 보건소에 가보라 말해준 사람도, 거기 같이 가준 사람도 순자, 결핵 판정을 받고 구석방에 머물 때 금방 구운 조기 살이나 콩을 넣은 따뜻한 주먹밥을 가져다준 사람도 순자, 파란색 털실을 사용해 스웨터며 장갑이며 편물 만드는 법을 알려준 사람도 순자, 영화관 구경을 하러 같이 외출한 사람도 순자. 어머니가 너무 때리면 벽 너머에 네가 있다는 걸 생각한다고 순자가 말한 적이 있었다. 더 때려봐 어디 죽여봐 내가 꽥소리를 내면 순자가 듣는다 순자가 듣고 있다 순자가 듣고 있어. 그렇게 생각하면 죽을 것 같다가도 무섭지 않고 이상하게 배짱이 생긴다고 말하던 순자.

순자는 선생이 되고 싶다고 했다. 선생이 되고도 공부를 더 많이 해서, 교감이나 교장이 되고 싶다. 될 거라고 이순일은 감탄에 잠긴 채 생각했다. 순자는 공부를 열심히 하니까. 뭐든 맵시 있게 잘 만들고, 특히 글씨를 잘 쓰니까. 순자가 작문 노트에 필기할 때나 유니언 잉글리시 UNION ENGLISH 교재를 펼치고 거기 인쇄된 영문이나 문제를 노트에 옮겨 적을 때, 그럴 때 이순일은 편물거리를 담은 바구니를 한쪽에 밀어두고 순자의 글씨들을 바라보았다. 글씨일 뿐인데, 심성 같다고 생각했다. 침착하고 힘 있고 이상한 유머를 숨기고 있는 순자의 마음. 이순일은 다 쓴 노트를 받아 방에 두고 틈틈이 순자의 글씨를 베끼며 글을 배웠다.

어머니, 글씨를 정말 멋지게 쓰시네요.

한영진의 국민학교 5학년 담임이 이순일의 글씨체를 칭찬했을 때, 이순일은 약간 놀란 채 십수년 만에 순자를 생각했다.

순자는 살아 있을까.

죽지 않고 어딘가에 있을까.

안부도 아니고 그것이 궁금한 나이가 되고 말았다고 이제 이순일은 생각했다.

나 도망가야겠다.

이순일은 1967년에 시영버스에 올라탔다. 몰래 집을 나서 시장에서 멀리 떨어진 정류장까지 걸었고 거기서 한 정거장을 더 걸은 뒤 배차 간격을 훨씬 넘겨서야 도착한 버스를 잡아탔다. 먼지 이는 길을 덜컹덜컹 달리느라고 흙먼지로 덮인 차창을 등지고 앉아 건너편 창으로 밖을 보며 영등포를 거쳐 제이한강교를 건넜다. 외조부와 피란 나와 광나루에 도착했을 때 저편이 이렇게 멀고 평평하니 틀림없이 바다라고 생각했던 한강을 물끄러미 바라보며 피란생활의 기억이 별로 없다는 점을 이상하게 여기면서, 기절할 만큼 졸려 걸으면서도 자다가 할아버지에게 머리를 얻어맞고는 했지, 강을 마저 건넌 뒤에는 시청에 이르고 거기서 남대문까지 걸어갔다. 주소 하나를 들고 물어물어 찾아간 곳은 일본인이 남긴 목조주택을 병원으로 개조한 개인병원으로 검은 돌덩어리를 놓은 정원에 목단과 금계국, 매리골드가 자라고 있었다.

순자와 같은 반으로 학교를 졸업한 친구의 친구의 자매를 통해 이순일을 소개받은 의사의 부인은 그 병원의 유일한 간호사이기도 했는데 환자에게 주사를 놓을 때 말고는 병원 일에 나서지 않았다. 「맨발의 청춘」에 등장하는 엄앵란 같은 스타일의 올림머리를 하고 소매 없는 원피스에 짧은 카디건을 걸쳐 어깨를 가린 모습으로 정원에 나와 있거나 병원 안쪽에 붙은 살림집에 머물거나 했다. 그가 이순일에게 주사기 다루는 법을 알려주었다. 알코올을 먹은 솜이나 천 조각으로 살갗을 문지르고 주삿바늘을 찌르는 방법을 알려주고 팔뚝 위쪽을 묶어 혈관을 찾고 거기에 바늘을 넣는 방법도, 약병 선반에 놓인 작은 유리병들 중에 어느 것이 항생제인지 소염제인지도 알려주었다. 병원장인 의사가 환자를 진료실 밖으로 내보내며 마이신 1씨씨, 2씨씨,라고 일러주면 이순일이 신중하게 양을 재서 주사를 놓았다. 병상이 많지는 않았지만 입원 환자들이 더러 있었는데 그들 침대에서 나온 폐기물을 소각하고 시트를 세탁하는 것, 의료기구를 소독하고 병원 바닥을 닦는 것도 이순일의 일이었다. 일이 적지는 않았고 숙식을 제공한다는 이유로 급여도 거의 받지 못했지만 고모네보다는 지내기에 좋았다. 일주일에 한번은 병원장의 아내가 듣는 영어 수업을 같이 들을 수도 있었다. 수업이 이미 몇달째 진행된 상황이라서 영어 교사와 병원장의 아내가 무슨 대화를 하는지 알아들을 수조차 없었지만 무조건 곁에 앉아 들었고, 들은 것을 외우려고 노력했다.

독일에서 한국인 간호사를 뽑는 걸 알고 있느냐고 병원장은 말했다. 독일로 사람을 보내주는 신부님을 내가 알고 있다, 여기서 네가 영어를 공부하고 조무 일을 잘 배우면 내가 그 신부님에게 소개해주마.

독일.

도대체 거기가 어디인가.

서너달 전, 독일에 다녀온 한세진이 보여준 사진을 통해 이순일은 독일을 보았다. 무기를 든 채 황금빛 날개를 펼치고 있는 베를린의 천사들과 총탄 자국이 남은 승전 기념탑, 보훔의 밀밭과 루르강에서 요트를 타는 사람들, 쾰른의 검은 첨탑과 철교, 프랑크푸르트 역사驛舍의 둥근 천장, 뮌헨의 붉은 지붕과 다락 창들. 여긴 어디고 거긴 어디고, 한세진의 설명을 들으며 한세진이 보고 온 것과 자기가 상상한 것이 얼마나 다르고 어떻게 다른지를 이순일은 생각했다. 독일. 도대체 거기가 어디였나. 배운 사람 못 배운 사람 구별 없이 똑같이 시작할 수 있는 곳, 결혼을 하든 말든, 처녀든 처녀가 아니든 누가 묻지도 상관하지도 않는 곳, 구름보다 높이 바람보다 빠르게 여기로부터 멀어져 당도하는 곳, 이순일의 꿈에서 절벽처럼 솟구쳤다가 진창처럼 꺼지곤 했던 그곳.

반년 정도 지났을 때, 이순일은 잿물을 담은 양동이를 들고 마당으로 나왔다가 고모부를 보았다. 그가 병원 마당에 서 있다가 이순일을 보았고 이순일은 그길로 그에게 잡혀 고모네로 돌아갔다. 고모는 창백하게 질린 채 돌아온 이순일의 등이며 어깨를 주먹으로 때리며 외조부의 건강을 들먹였다. 너 때문에 할아버지가, 너 없어졌다고 할아버지가, 그렇게 걱정을 걱정을 그 노인이. 이순일은 아무것도 먹지 않고 방구석에 앉아 고모와 고모부와 외조부를 상상 속에서 몇번이고 찢어놓다가 내가 거기 있다는 것을 누가 일렀는가, 하고 생각했다. 내가 거기 있다는 것을 아는 것이 누구인가.

순자를 다시 본 것은 그로부터 보름쯤 지난 뒤였다. 이순일이 우물곁에서 물에 잠긴 감자를 건져 껍질을 벗기고 있을 때 순자가 들어왔다. 이제 여기 우물에서 물을 길을 수 없다고 순자는 말했지. 아니 그건 실은 고모의 말이었다. 뭐였더라, 그 집 애는 이제 이 집에 올 수 없어, 그 괘씸한 년은 이제 너를 보러 오지 않는다, 하고 고모는 말했지. 순자는 그냥 서 있었어. 네가 왜 여기 있냐거나 미안하다거나 일이 어떻게 되었다거나, 말도 걸지 않고 그냥 서 있었단 말이야. 그 얼굴을 나는 더는 보기가 싫고 그냥 가주었으면 했는데 서 있기만 했어. 어떻게 해야 할지 몰라 그만 가주기를 바라며 내가 순자의 뺨을 때렸다. 내가 순자의 뺨을 때렸어. 그 애는 울지도 않았다.

—

그땐 화재가 잦았어. 기름 먹인 마분지와 목재로 벽을 세우고 직물로 지붕을 덮은 집들이 간격 없이 서로 붙어 있었고 여전히 많은 집이 등불로 저녁 조명을 하던 때였으니까. 어느 집 방바닥에서 엎어진 남폿불로 일대 하꼬방들이 다 잿더미로 무너지고 사람이 죽곤 하던 때. 방수지와 방수천에 불이 붙으면 물 한 양동이 끼얹어볼 틈도 없이 불이 번졌다. 불이야, 한마디면 온 동네 사람들이 요술같이 잠에서 깨 집 밖으로 튀어나왔다. 그날 밤도 그랬다.

불이야.

크게 다친 사람이나 죽은 사람은 없었지만 집 몇채가 그 화재로 사라졌다. 이순일의 고모 집도 전소되었다. 대피 나온 주민들과 소마당에 모여 앉아 날이 밝기를 기다렸다가 집터에 가보니 잔해에 둘러싸인 우물 말고는 남은 것이 없었다. 이순일은 순자가 재로 덮인 판자를 들추고 스웨터 같은 것을 끄집어내고 있는 것을 보았다. 그 곁에서 순자의 어머니가 타다 남은 서랍에 눌어붙은 작은 금붙이를 떼어내느라 애쓰고 있었다. 그 화재로 집과 재산을 잃은 사람은 대부분 시장 상인들이었고 대개는 그 뒤로 어떻게든 장사를 이어갔지만 순자의 어머니는 그렇게 하지 못했다. 그는 부쩍 기운을 잃고 병색이 도는 얼굴로 시장에 나와 있더니 어느날 어디로 간다는 말도 없이 딸을 데리고 사라졌다.

이순일의 고모 부부는 집이 불타 사라진 자리에 천막을 세워 지내다가 고모부 일가가 장사하며 지내고 있다는 부산으로 갈 계획을 세우고 떠날 채비를 했다. 이순일은 더는 이 가족과 같이할 엄두가 나지 않아 결혼을 결심했다. 한중언을 시장 상인의 소개로 만나 급히 결혼을 결정했다. 한중언 역시 전쟁고아로 자라 연고자가 없고 가진 것도 없었으나 한자를 비롯해 글을 알았고 잘 웃었고 근면했다. 그 정도면 괜찮다고 이순일은 생각했다. 근면한 사람, 그거면 괜찮았다. 고모 부부는 이순일의 결혼을 반대했지만 이순일의 나이가 이미 이십대라 명분을 대지는 못했다. 그들은 반대하는 결혼을 굳이 네가 하려고 하니 우린 결혼식엔 가지 않을 거라고 장담했다가 자기 손님들을 결혼식에 초대해 그들이 낸 축의금을 받아 가져갔다. 이순일은 시장에 남았다. 아주 가끔 고모에게 연락이 오곤 했는데 교류는 거의 없었다. 고모는 여러해 전에 죽었다. 둘째인가 셋째 딸의 결혼생활이 지독해 그걸 해결하려고 백방으로 다니다가 객지에서 뭔가를 잘못 먹고 급사했다고 이순일은 들었다. 죽고도 한참 뒤에 들은 소식이었다.

이순일은 한중언의 호적으로 본인을 입적시키려고 본적을 확인하는 과정에서 원적에 적힌 자기 이름이 이순일이며 1948년생 동생의 이름이 은일이라는 것을 알았다. 이은일. 기록으로는 그 아이가 죽지 않은 채로 살아 있었다. 아버지도 어머니도 그 아이도. 깊은 수풀 속 어딘가에 남은 조그만 집터처럼 거기 있다는 걸 아무도 모르는 채 방치되어 있던 이름들이 그 서류 한장에 남아 있었다. 이순일은 혼인신고로 본인의 이름을 지우고 사망신고로 그들의 이름을 지운 뒤 그 서류를 보았다는 걸 잊었다. 이름 위에 반듯하게 그려진 곱표들과 거기 기록된 망ㄷ 자를 잊었다. 망실된 그들의 이름은 이순일의 삶이 끝날 때 비로소 완전한 망ㄷ이 될 것이다. 이순일이 그 문서를 닫은 사람이었다. 이순일은 거기 적힌 이름들이 겪은 일을 누구에게도 넘길 생각이 없었다. 누구에게도 말하지 않았다. 말로든 기록으로든 사람은 무언가를 세상에 남길 수 있고, 남기는 데 성공하는 사람들이 있다는 것을 이순일은 알고 있었지만 그것을 하고 싶지 않았다. 그 숱하고 징그러운 이야기를…… 그것을 내가 다시 생각하며 말해야 하는가. 이순일은 아이들이, 한영진과 한세진과 한만수가 그 일을 이야기로도 겪지 않기를 바랐다.

이순일의 외조부는 1970년대 후반에 죽었다. 이순일이 연락을 받았을 때는 이미 마을 어른들이 그를 산에 묻은 뒤였다. 이순일은 소식을 듣고 화가 났다. 그것이 화ㅆ라고 이순일은 생각했다. 달리 뭐라고 하겠는가.

죽다니.

이순일은 생각했다. 그 노인네가 이렇게 끝까지 나를 골탕 먹이는구나, 하고.

그래도 마지막이니 먹고 가시라고 밥 한공기와 물 한그

릇을 한나절 부뚜막에 두었다. 사는 동안엔 그가 생각날 일이 별로 없었는데 결혼식 때 그가 부조금을 넣은 노란 약국 봉투를 가져온 것을 이순일은 잊지 못했고 이따금 그걸 생각했다. 내가 그걸 한복 소매에 넣고 있다가 잃었지. 그래요 할아버지도 세상 살기 어려웠을 테니 이제 쉬라고, 가신 곳에서 편히 쉬라고 빌었다. 그의 묘를 돌보러 다니기 시작한 것은 1980년대 중반을 넘어서였다. 1986년에…… 서울아시안게임이 한창일 때 이순일은 국제전화를 한통 받았다. 다소 높고 거친 목소리로 어떤 여성이 이순일의 어린 시절 이름을 말했다.

순자냐?

네?

순자야.

누구세요.

철원 살던 윤옥영이, 윤옥영이 딸 순자 아니에요?

누구세요.

누구신데요. 정체도 밝히지 않고 어릴 때 이름을 대는 여성에게 이순일이 분노와 공포를 느끼면서 누구시냐고 거듭 묻자 그는 본인이 이모라고 밝혔다. 네 엄마 동생 부경이, 옥영 언니 동생 부경이.

윤부경은 가난과 무식이 끔찍해 해방 이후 시골집을 떠나 미군정 치하 서울에서 지내다가 전쟁 직후 거제도까지 피란 내려간 뒤 거기서 만난 미군과 결혼했다고 말했다. 전쟁이 끝나고 이 사람 따라 미국으로 왔어. 고향집이 백마고지이며 접전지에 가까워 어차피 다 죽었다 생각했고 본인도 영어 한마디 못해 남편 나라에 적응해 사는 것이 힘겨워 그동안 여기서 살기만 했다고, 끼룩끼룩 살기만 했어, 이제 자식들 다 크고 고향 생각을 점점 하던 차에 동향 사람을 만날 기회가 있었는데 그가 하나 남았다는 말을 전하더라고 윤부경은 말했다.

하나 남았어.

하나 살았어.

그 이모도 죽었다. 2003년 6월에 간 질환이 악화되어 돌아가셨어. 처음 연락이 닿고 돌아가시기 전까지 십칠년 동안 이모는 다섯번 한국을 방문했다. 그사이 이모의 미국인 남편은 휴일에 홀로 낚싯배를 타고 호수로 나갔다가 뇌졸중으로 죽었고 이모의 아들은 딸을 낳았지. 이모의 아들, 그는 이모가 한국에 올 때마다 동행했는데 이모보다는 자기 아버지를 닮았고 아버지와 같은 직업을 택해 군인이었으며 한국어를 하지 못했다. 그가 한국으로 전화를 걸어 이모의 죽음을 알렸다. 순자? 하고 묻더니 엄마, 죽었어, 하고 말했다.

죽었어?

죽었어요.

—

이순일은 한국으로 돌아온 윤부경을 처음 만나러 덕수궁 앞으로 나갈 때 한복을 입었다. 가장 좋은 옷을 입어야 할 것 같았는데 그게 가장 좋은 옷이었다. 1987년이었고 날은 맑았고 공기엔 최루탄 냄새가 배어 있었다. 시청역까지 갈 생각이었으나 버스를 잘못 타 광화문에서 내렸다. 거기서 코리아나호텔 앞을 지나 덕수궁까지 걸었다. 햇빛을 가리는 것이 없어 눈을 똑바로 뜨기 어려웠다. 치맛자락은 자꾸 발목에 감기고 얼굴이며 등에 진땀이 솟아 빨리 걸을 수도 없었다. 이모를 알아볼 수 있을까, 그 사람 많은 데서 얼굴도 모르는 사람과 엇갈

리면 그 사람을 어떻게 찾나, 걱정하며 덕수궁 돌담을 따라 걸어가는데 이모가 얼굴을 찡그린 채 맞은편에서 다가왔다. 당신이 그 사람이냐고 서로 물을 것도 없이 닮은 얼굴이었다. 그러니까 순자야
내가 어머니를 닮았다는 걸 나 그때 비로소

엄마.

뭐 생각해?

뭘 그렇게 생가해, 하고 한세진이 말했다. 이순일은 등산화에서 눈을 떼고 한세진을 바라보았다. 한세진이 조금 부은 듯한 눈으로 이순일을 보고 있었다. 새치가 몇 가닥 섞인 머리카락이 어린 조카의 머리 방울에 아무렇게나 묶인 채 목으로 늘어져 있었다.

숱 적은 눈썹은 자기 아버지를 닮았고 동그란 이마와 눈은 나를 닮았구나. 이 아이도 시장에서 자랐다. 자기 형제자매들과는 곧잘 말하다가도 어른들 앞에서는 입을 닫고 얼굴을 숨기느라 고개를 푹 숙이곤 해 시장 상인들이 이 아이를 수쿠리, 수쿠리, 하고 불렀지. 이순일은 한세진이 잘 살기를 바랐다. 하지만 이 아이는 살림을 몰

랐다. 스테인리스 찜기 속 물이 다 증발하도록 가스 불에 내버려두었고 내열컵도 아닌 유리컵에 금속 스푼을 넣지도 않은 채 갓 끓인 물을 따랐다. 유리병이든 컵이든 생각에 잠긴 채로 뭘 쥐고 있다가 손에서 그걸 놓치는 일도 잦았다. 그런데 그건 다른 아이들도 마찬가지였다. 손아귀에 힘이 하나도 없는 아이들. 뭘 움켜쥘 줄을 몰라 바깥에서 무슨 일을 당하면 속수무책으로 휩쓸려 사라질 것 같은 아이들.

잘 살기.

그런데 그건 대체 뭐였을까, 하고 이순일은 생각했다. 나는 내 아이들이 잘 살기를 바랐다. 끔찍한 일을 겪지 않고 무사히 어른이 되기를, 모두가 행복하기를 바랐어. 잘 모르면서 내가 그 꿈을 꾸었다. 잘 모르면서.

너도 이런 거 필요하냐?

이순일이 묻자 한세진이 영문을 모르겠다는 듯 눈을 깜박였다.

뭐, 등산화?

그래, 이런 거.

아니, 나 등산 안 해.

안 해?

안 해요.

야, 있으면 쓸 일 생겨. 너도 하나 사자.

아니야, 필요 없어.

필요 없어?

필요 없어요.

필요가 없다고? 이순일은 고개를 돌려 등산화를 다시 보다가 눈이며 코가 매워 서둘러 숨을 들이마셨다. 그게 필요해, 하고 말하며 한영진이 신발장을 뒤진 날이 목요일, 지난주였다. 엄마 내 등산화 못 봤어? 4층과 5층 신발장을 다 뒤지고 박스 몇개를 뒤집어도 그건 나오지 않았다. 내 등산화 어딨지, 내 등산화. 멍하니 중얼거리며 한영진은 그걸 찾고 있었다. 주말에 백화점 직원들끼리 산에 간다고 했다. 엄마 내 등산화. 이순일은 그게 거기 있다고 믿으며 거기 어디 있다고 말한 뒤 한영진이 찾도록 내버려두었다. 한영진이 아무리 뒤져도 그건 나오지 않았다. 마침내 이순일은 몇년 전 지경리 논바닥에서 망가진 등산화를 기억해냈다. 끈적한 진창에 들러붙어 밑창이 떨어져나간 등산화 한켤레를. 이순일은 화가 나,

냄비 속을 젓던 국자를 쥐고 돌아서서 한영진에게 외쳤다. 너는 그걸 왜 이제야 찾아. 쓰지도 않고 박스에 담아 두고 삭을 때까지 그대로 두더니 왜 미련하게 너는 이제야 그거를.

왜 그랬느냐고 한영진은 물었다.
말도 안 하고 내 걸 쓰고, 그걸 거기 버리고 왔냐고.
내 거를.
쓰겠다 말겠다 말도 없이 가져가서, 망가뜨리고, 버리냐고.
그걸 버리냐고.
이순일은 그것이 질문이 아니라는 걸 알고 입을 다물었다.

한영진이 발 사이즈가 얼마였더라. 235밀리미터 신발을 신으면 조금 작을 때도 있고 클 때도 있었다. 한영진은 먼지 많은 곳에서 물도 별로 마시지 않으면서 종일 서 있느라고 몸이 자주 부었고 발 사이즈도 자주 바뀌었다. 이순일은 왼손을 쥐었다 풀었다 하며 바닥에 놓인 등산화를 내려다보았다. 지난밤 뜨거운 물에 덴 엄지가 쓰렸다. 고사리 삶은 물을 버리다가 그쪽으로 물이 흘렀다. 몹시 뜨거웠는데, 고사리를 개수대에 쏟지 않도록 무거운 냄비를 적당하게 기울이고 있느라 꼼짝하지 못했다. 쓰라리고 따가웠다.

수십년 살림으로 손이 굳고 곱았는데도 뜨거운 것에 닿으면 여전히 뜨겁다는 것이 이순일은 성가시면서도 경이로웠다. 공항동 시장에서 순대를 파는 아주머니의 손, 그 손이 아예 빨갛게 익은 것처럼 보였던 것을 이순일은 기억했다. 순대를 달라고 말하면 그 아주머니는 오른손에 칼을 쥐고 왼손을 뜨거운 찜솥에 넣어 알맞게 익은 순대를 고른 뒤 적당한 길이로 잘라냈다. 도마에서 순대를 한입 크기로 써는 동안, 그는 달걀을 쥔 것처럼 오므린 손으로 순대를 눌렀고 앗 뜨거워, 앗 뜨거워, 하는 것처럼 손을 뗐다가 도로 내리기를 반복했다. 아주머니, 그 뜨거운 것을 평생 만지고도 여전히 그것이 뜨거우냐고 이순일은 묻고 싶었는데, 그런 것은 물을 수 없어 우두커니 앉아 있다가 소금을 너무 많이 주셨다고만 말했다.

이순일은 바닥에 놓인 등산화를 집어 남자에게 건네며 다른 것은 없느냐고 물었다. 다른 거, 더 좋은 거. 오늘이든 내일이든 좋은 등산화를 찾을 수 있기를 이순일은 바랐다. 저녁에 한영진이 퇴근해 돌아오면 네 등산화를 새로 샀으니 신어보라고 말할 수 있을 것이다. 맞지 않으면 바꿔다줄 테니 신어보자고 말할 것이다. 미안하다고 말할 수도 있을 거라고 이순일은 생각했다. 그것이 뭐가 어렵겠는가, 미안하다고 말하는 것이.

그러나 한영진이 끝내 말하지 않는 것들이 있다는 걸 이순일은 알고 있었다.
용서할 수 없기 때문에 말하지 않는 거라고 이순일은 생각했다. 그 아이가 말하지 않는 것은 그래서 나도 말하지 않는다.
용서를 구할 수 없는 일들이 세상엔 있다는 것을 이순일은 알고 있었다.

순자에게도 그것이 있으니까.

다가오는 것들

더러운 도랑물을 마시고 그리고 거기서 죽을 것이다.*

하미영이 이렇게 말한 밤을 한세진은 기억하고 있다. 여름, 모처럼 밤바람이 시원해 큰 창을 열어두고 그 앞에 앉아 바깥을 보았다. 나방들이 가로등에 날개를 부딪히며 날고 있었고 아랫집에서 올라온 세탁물 냄새가 났다. 도랑물을 마시고 그리고 거기서 죽을 것이다. 버지니아 울프의 책에서 읽은 문장이라고, 완전히 그 문장은 아니지만 적어도 그런 어감이었으며 그걸 읽은 다음부터 그걸 자주 생각한다고 하미영은 한세진에게 말했다. 그걸

* "내 머리칼은 당연히 엉켜 있을 것이고 나는 산울타리 밑에서 잠이 들 테고 도랑물을 마시고 거기서 죽겠지." 버지니아 울프 『파도』, 박희진 옮김, 솔출판사 2004, 21면.

계속 생각하다보면 내가 결국은 여기서, 벗어날 수 없겠다는 생각으로 이어진다고. 어른이 되면 조금 더 많은 걸 할 수 있을 거라고 생각했는데 말이야.

어른이 되는 과정이란 땅에 떨어진 것을 주워 먹는 일인지도 모르겠다고 하미영은 말했다. 이미 떨어져 더러워진 것들 중에 그래도 먹을 만한 걸 골라 오물을 털어내고 입에 넣는 일, 어쨌든 그것 가운데 그래도 각자가 보기에 좀 나아 보이는 것을 먹는 일, 그게 어른의 일인지도 모르겠어. 그건 말하자면, 잊는 것일까. 내 아버지는 그것이 인생의 비결이라고 말했는데. 내게는 이상한 기억이 있었거든. 어머니가 아기를 던져. 우리는 벽에 등을 대고 앉아 있었는데 어머니가 품에 안은 아기를 몇번 어르다가 그 애를 던졌어. 아기가 바닥에 깔린 담요 위로 쿵 떨어졌어. 내가 그걸 봤어. 너무 이상한 기억이라서 어릴 때 꿈이나 상상이라고 생각했는데 몇해 전에 아버지에게 그런 기억이 있다고 말했더니 아버지가 한숨을 쉬는 거야. 니 엄마가 걔만 던졌냐. 너도 던지고 니 동생도 던지고 누구도 던지고…… 나는 그래서 내 어머니가 오래전부터 그런 일을 저지른 사람이라는 걸 알았고 내 아버지가 그걸 다 알면서도 우리 자매를 어머니 옆에 방치했다는 걸 알았어. 그 두 사람 때문에 괴로울 때마다 아버지는 나더러 잊으래. 편해지려면 잊으래. 살아보니 그것이 인생의 비결이라며. 그 말을 들었을 땐 기막혀 화만 났는데 요즘 그 말을 자주 생각해. 잊어. 도저히 용서할 수 없다면, 잊어. 그것이 정말 비결이면 어쩌지. 하미영은 그런 이야기를 한 끝에 한참 침묵하더니 생각을 분명하게 하기가 어렵다고 말했다.

그 여름밤이 지나고 얼마 뒤 하미영은 거실에 놓인 식탁 앞에서 뒷걸음으로 물러나다가 펠트 슬리퍼를 신은 발로 고양이를 밟았다.

그 무렵 하미영은 뭔가를 중도에 자주 포기했다. 책을 읽다 말았고 영화를 보다 말았다. 리베카 솔닛Rebecca Solnit의 『걷기의 인문학』*Wanderlust*(한국어판 반비 2017)을 읽다가 지금 읽기엔 말이 너무 촘촘하다며 단념했고 미아 한센뢰베Mia Hansen-Løve의 「다가오는 것들」L'avenir(2016)을 보다가 속도가 너무 빠르다며 재생을 멈췄다. 그래도 하미영은 「다가오는 것들」을 다 보았다. 그 영화의 모든 장면은 실은 문장으로 적힌 이야기로 읽힌다면서, 책으로 시간을 들여 천천히 읽어야 할 것 같은 내용을 영상으로 보니까, 수십 페이지에 달하는 문장들이 몇초 만에 훽, 화면으로 지나가버리니까 호흡이 너무 가쁘다고 하미영은 말했다. 나탈리는 왜 저렇게 바쁘지? 저렇게 숨 가쁘게 바쁜데 왜 고꾸라지지 않지? 하미영은 러닝타임이 백분 남짓인 그 영화를 중간중간 쉬며 보느라고 두시간 반을 들였고 그걸 끝까지 보고 나서는 영화 보는 일을 줄였다. 엄두를 내지 못하는 것 같았다. 금요일이나 토요일 저녁에 IPTV에 올라온 목록을 뒤져 영화를 고를 때도 있었지만 하미영이 보기에 문장으로 읽히지 않는 영화로 골라 보았는데 그런 영화가 많지는 않아서 결국은 영화 보는 일이 줄었다.

어느 주말, 한세진과 하미영은 청소와 빨래 널기를 일찍 마친 뒤 간식을 먹으며 영화 한편을 보자는 데 동의했고 액션 카테고리에서 함께 영화를 골랐다. 상처를 간직한 과묵한 주인공과, 그를 염려하면서도 위험한 일을 의뢰하는 동료와, 주인공이 구출해야 할 인질이 등장하는 영화였다. 갱단에게 잡힌 인질을 구하러 갱단 소굴로 들어간 주연 배우가 갱의 목을 조르고 가슴에 구멍을 뚫은 뒤 길쭉한 농기구 끝에 갱의 얼굴을 꽂으려는 순간, 한세진은 하미영이 영화를 그만 끄자고 속삭이는 걸 들었다. 하미영은 핏기가 가신 얼굴에 식은땀을 흘리며 숨을 몰아쉬고 있었다. 피가 흐르지 않는 것 같고 공기에서 산소가 사라진 것 같다고 하미영은 말했다. 숨을 들이마실수록 숨 쉬기가 어렵다고 해 한세진은 싱크대 서랍을 열어 위생 봉지를 찾아냈고 그걸 하미영의 입에 대주었다. 하미영은 봉지를 말아진 채 기기 대고 숨을 쉬었다. 봉지 속에 입김이 맺혔다. 하미영이 숨을 내쉬면 봉지는 둥글게 부풀었고 하미영이 숨을 들이마시면 하미영의 입을 향해 쪼그라들었다. 거짓이라도 누군가가 다치는 광경을 더는 볼 수 없다고 하미영은 말했다.
눈앞에서 진짜 죽고 다치는 것 같아, 볼 수가 없다고.

하미영은 고양이를 밟은 뒤 넘어졌다.
밟지 않으려다가 여러번 밟았고 넘어지지 않으려다가 심하게 넘어졌다. 한세진은 욕실 거울에 말라붙은 거품을 손가락으로 닦아내며 이를 닦다가 그 소리를 들었다.

짧게 여러번, 비명이 이어졌고 바닥이 쿵, 울렸다. 거실로 달려나간 한세진은 바닥에 엎어진 하미영을 보았다. 허리에서 크게 비틀린 채 하체는 뒤로 넘어가고 상체는 엎어진 형태였다. 두 손바닥을 바닥에 대고 엎드린 자세로 하미영은 고양이, 고양이를 외쳤고 고양이가 무사한지 확인해달라고 말했다. 한세진이 고양이를 살피는 동안에도 하미영은 넘어진 자리에서 일어나지 못했다. 침대로 옮겨간 뒤에는 땀과 눈물을 흘렸다. 발을 여러번 밟았다고 하미영은 말했다. 내 발 밑에서 달아나려는 작은 발가락들을 여러번 밟았어. 고양이가 내 등에 깔렸어. 너무 끔찍해.

그러지 마.

고양이는 괜찮고 그 순간은 지나갔다고 한세진은 말했지만 그 밤이 지나고 나서 하미영은 스스로 병원을 찾아보고 작은 짐을 꾸려 그리로 들어갔다. 앞마당에 4층 높이까지 자란 메타세쿼이아가 있는 병원이었다. 한세진과 하미영은 다리가 고루 바닥에 닿지 않아 덜걱거리는 원탁이 놓인 대기실에서 하미영이 사용할 병실과 침대가 정해지기를 기다렸다. 관리인이 나타나 하미영의 이름을 부르고 짐을 확인했다. 하미영은 끈 손잡이가 달린 종이봉투에 읽을 것과 입을 것을 조금 챙겼고 그걸 원탁에 올려두었는데 관리인은 그 봉투를 달라고 하더니 속을 들여다보았다. 그가 마르고 뭉툭한 손가락으로 신중하게 끈을 풀어 한세진에게 건넨 뒤 손잡이 끈이 사라진 봉투를 하미영에게 돌려주었다. 하미영은 그걸 끌어안은 채 병동으로 올라가는 엘리베이터를 탔다. 거기부터는 한세진이 따라갈 수 없었다. 다녀올게, 하미영이 말했고 데리러 올게, 한세진이 대답했다.

한세진은 차를 몰아 집으로 돌아왔다. 물을 마시려고 냉장고를 열었다가 하미영이 두어번 베 먹고 넣어둔 사과를 발견했다. 단면이 조금 말랐을 뿐 갈변하지 않았다. 하미영의 잇자국이 가장자리에 선명했다.

그러지 마.

한세진은 하미영에게 그렇게 말한 걸 후회했다. 사과를 조금씩 고쳐 쥐며 앉아 있다가 마른 부분을 깎아내고 남은 걸 먹었다. 고양이가 다가와 한세진의 다리에 꼬리를 감았다. 한세진은 고양이를 당분간 돌봐줄 사람을 찾아야 한다고 생각했다. 뉴욕 일정에서 귀국 날짜를 열흘

앞당겼다.

–

서너해 전에 JFK공항을 경험한 적 있는 박문일이 공항 검색대에서 불쾌한 일을 당할 수도 있다고 조언했지만 한세진은 그런 일을 겪지 않았다. 너무 늦은 시간이기 때문인 것 같다고 한세진은 생각했다. 자정에 가까운 시간이었다. 검역관이나 공항 경비원들은 다만 졸리고 피곤해 보였다. 수하물 레일 근처에서 목에 스카프를 두른 공항 경비원이 입구가 혼잡하니 멈추지 말고 앞으로 나아가라고 외치고 있었다. 그에게 떠밀리듯 짧은 로비를 지나 바깥으로 나서자 수라장이 펼쳐졌다. 섬뜩하게 찬 비가 내리고 있었는데 손님을 태우려는 택시와 예약자를 차에 실으려는 우버 사이에 오가는 고함, 마중 나온 차에 타려고 짐을 끌고 도로를 가로지르는 사람을 향한 욕설, 그 욕설을 향한 욕설…… 사방에서 들려오는 씨팔, 씨팔을 들으며 차양 아래 서 있다가 한세진과 일행은 그들이 예약한 우버를 잡아탈 수 있었다. 문손잡이 도금이 벗겨진 포드를 몰고 온 운전자는 구겨진 라운드 티셔츠에 무릎 위로 올라오는 반바지를 입고 있었다. 차에서 내린 그가 구부린 검지로 원, 투, 스리, 인원을 세고 오케이, 하고 말했다. 대화를 시도한 것은 아니고 혼잣말이 버릇인 것 같았다. 그가 뒷좌석에서 엄청나게 크고 긴 귀가 달린 토끼 인형을 끄집어내 그걸 트렁크에 쑤셔넣은 뒤 탑승객들에게 그 속에 짐을 넣으라고 손짓했다. 한세진과 일행은 빨대 꽂힌 스티로폼 컵이 굴러다니는 뒷좌석에 실려 브루클린 숙소로 이동했다. 그들이 숙박할 호텔은 월트 휘트먼 파크에서 남쪽으로 조금 내려온 지역에 있었고 서울 모처의 넓은 대로변과 다를 것 없는 거리에 솟은 별 특징 없는 빌딩이었다. 한세진은 계피와 설탕, 바닐라를 섞은 밀가루 반죽 냄새가 나는 로비를 거쳐 방으로 올라갔다. 입구에 걸린 거울 앞에서 신발을 벗고 양말을 신은 발로 카펫 위를 걸어 침대 끝에 앉았다. 가구 세정제 냄새가 났고 한세진은 그 냄새를 맡고서야 어딘가 착륙했다는 것을 실감했다. 맞은편 벽에 액자가 걸려 있었다. 검은 바탕에 굵고 흰 활자로 인쇄된 알파벳들을 바라보다가 그것이 이 근처 명소들 이름이라는 것을 알았다. CONEY ISLAND, DUMBO, BROOKLYN

HEIGHTS, STATEN ISLAND, FLATBUSH AVE., ROCKAWAY BEACH……

하미영이 전화를 받을 수 있을까, 한세진은 시간을 따져 보았다. 병원으로 전화를 걸어 하미영이 전화를 받을 수 있느냐고 물었다. 기압 변화에 아직 적응하지 못한 왼쪽 귀 때문에 침을 삼키고 있을 때 하미영이 전화를 받았다.

도착했어?

도착했어.

호텔이야?

호텔이야.

어때?

침대가 커. 싫은 냄새가 나고. 비 와.

공항에서는 어땠냐고 하미영은 물었다. 한세진은 공항에서 사람들이 영어로 씨팔이라고 말하는 것을 들었는데 그게 정확히 한국어 씨팔로 들렸다고, 한국에서 사람들이 남에게 성낼 때 일단 야, 야, 하고 외치는 것처럼 여기저기에서 사람들이 영어로 야, 하고 외치고 있었는데 그 말의 어감도 정확히 한국어의 야,여서 이상하고 재미있었다고 말했다. 하미영은 웃으면서 증오의 뉘앙스는

만국이 공유하는 것인가보다라고 답했다. 그래서 그것이 그렇게 강하고, 쉬운가봐. 그런가봐. 하미영은 점심으로 콩나물국을 먹었고 이제 뒷마당으로 산책을 나갈 거라고 말했다. 여기 뒷마당엔 분꽃이 많아. 그래.

잘 거야?

어, 여긴 자정 넘었어.

잘 자.

잘 다녀와 산책.

한세진은 전화를 끊은 뒤에도 한동안 앉아 있었다. 귓속의 기압 불균형이 여전해 따귀를 맞은 것처럼 왼쪽 뺨이 얼얼했다. 턱을 좌우로 움직이며 액자 속 이름들을 바라보았다. 코니, 덤보, 브루클린, 스태튼, 플랫부시…… 한세진은 이 도시의 불빛들을 언제 처음 보았는지 모르겠다고 생각했다. 비행기가 JFK공항 활주로로 내려가기 위해 도시 위를 선회할 때, 분명 그때 그 불빛들을 보았다고 생각했지만 그건 사실이 아닐 수도 있겠다고 다시 생각했다. 이 도시의 밤 풍경은 온갖 미디어를 통해 한세진에게 이미 익숙했으니까.

노먼은 한세진이 북페스티벌Book Festival에 참가하는 일정으로 닷새간 뉴욕에 머물 계획이라고 말하자 만나러 오겠다고 했다. 온다고? 얼마나 멀지? 버지니아주에서 뉴욕주까지 약 250마일이니까, 볼티모어를 거치면 자동차로 네시간 조금 넘게 걸릴 거라고 노먼은 말했다.

노먼 카일리를 마지막으로 보았을 때 한세진은 고등학생이었다. 1996년이었고 노먼은 군인이었으며 노먼의 딸인 제이미가 첫 생일을 맞은 해였다. 노먼은 한세진의 이모할머니인 윤부경의 자식으로 윤부경이 한국에 올 때마다 동행했는데 그해가 마지막 방문이었다. 윤부경은 그뒤로 부쩍 기력이 쇠해 장거리 비행을 더는 감당하지 못하는 상태가 되었다. 1999년과 2001년엔 한밤에 이순일에게 전화를 걸어 거기가 먼데 자기는 힘이 다해 이제 가지 못한다며 울었다. 윤부경은 버지니아주에서 사망했다. 노먼은 윤부경이 사망한 뒤에 가끔 한세진에게 전화를 걸었다. 통화가 길게 이어진 적은 거의 없었다. 한세진이 영어를 유창하게 말하지 못하고 노먼은 한국어를 하지 못해 대개는 상투적인 인사말을 주고받았다.

잘 지내? 잘 지내. 제이미는 잘 지내? 제이미도 잘 지내. 모두 좋아? 모두 좋아. 곧 보자. 노먼은 가끔 이순일의 안부를 물었다. 너희 엄마랑 우리 엄마랑 정말 닮았지. 그래 닮았지. 이모와 조카 사이가 아니라 꼭 언니랑 동생처럼…… 현재와 미래로 쪼개진 두쪽 거울에 비친 상처럼…… 노먼과 한세진은 그 두 사람이 한국에서 처음 만난 자리에 있었다. 이순일이 한세진을 데리고 나갔고 노먼이 윤부경과 동행했다.

두 여성이 덕수궁 돌담길에서 서로의 어깨와 얼굴을 만지며 우는 동안 노먼과 한세진은 서먹하게 서로를 바라보았다. 노먼은 눈에 눈물을 담은 채 당혹스럽다는 듯 어깨를 움츠리고 있었다. 한세진은 엄마가 길에서 큰 소리로 울고 있어 겁먹었다. 엄마와 닮은 얼굴을 하고 갑자기 나타난 사람이 무서웠고 군복을 입은 노먼도 무서웠다. 실은 노먼도 겁먹은 것처럼 보였고 한세진은 그것이 또 무서웠다. 노먼은 어른인데 아홉살 자신과 별다를 것 없이 겁을 먹었고 그래서 울기 직전인 것처럼 보였으니까.

목격자들.

세월이 조금 흐르고서야 한세진은 그런 생각을 했다. 우리가 그걸 목격했어.

노먼의 딸인 제이미는 열살 때 큰 교통사고를 당해 안면 신경을 다쳤다. 제이미의 병원비와 여러차례 거듭된 수술비를 마련하느라 노먼의 가족은 파산에 이른 것 같았다. 한세진이 대학에 다닐 때 노먼이 전화를 걸어 돈을 빌려달라고 부탁한 적이 있었다. 사정을 자세히 말하지는 않았지만 아내와 차에서 잠을 자는 생활을 하고 있다고 노먼은 말했다. 한세진은 어렵게 500달러를 만들어 노먼이 알려준 계좌로 돈을 부쳤다. 돈을 부친 뒤로는 노먼과 500달러를 생각했다. 노먼은 그걸로 뭘 할 수 있었을까. 한국에 사는 친척에게 전화를 걸어 돈을 빌려달라고 해야 할 정도의 가난을 한세진은 생각했다. 노먼과 노먼의 가족이 미국에서 겪고 있을 가난을.

네시간이나 운전을 해야 한다니.

그건 너무 멀다고 한세진은 말했다. 노먼은 뜻밖의 말을 들은 것처럼 머뭇거리다가 맥없는 목소리로 멀지 않다고 답했다. 미국에서 그 정도는 먼 거리가 아니야. 그래 그러면 와. 그래 내가 갈게. 어쨌든 모두 좋아? 모두 좋아. 곧 보자. 건강해. 건강해. 통화를 마친 뒤 한세진은 노먼에게 정확한 날짜를 말하지 않았다는 걸 알았다. 다시 전화를 걸까 망설였지만 연락하지 않았다. 노먼도 한세진에게 그걸 물으러 다시 연락하지는 않았다.

—

옆 개실에서 누군가가 기침하는 소리를 듣고 한세신은 잠에서 깼다. 해는 아직 뜨지 않았고 아침 먹으러 내려가기에도 이른 시각이었다. 한세진은 얇은 방풍 재킷을 걸치고 새벽 거리로 나섰다. 한두번 길을 건넌 뒤 작은 공원을 오른쪽에 두고 북쪽으로 걷다가 공원 경계를 두르고 있는 철제 울타리에 고정된 철판에서 눈에 익어 얼른 읽히는 단어를 발견하고 멈춰 섰다. KOREAN WAR…… VETERANS PLAZA. 사탕단풍 잎처럼 생긴 나뭇잎이 그 공원의 상징인 것처럼 글자들 아래 새겨져 있었다. 광장plaza이라기보다는 소규모 공원으로 보이는 그 작은 공간으로 저도 모르게 들어선 한세진은 철판에 새겨진 나뭇잎이 사탕단풍이 아닌 은단풍, 플라타너스 잎인지도 모르겠다고 생각했다. 밑동이 이끼로 덮인 플라타너스들이 이스트강 방향으로 약간 기울어진 채 산책 길을 이루고 있었다. 풀과 시멘트 블록이 뒤섞인 바닥은 새벽안개와 습기로 축축하게 젖어 있었다. 공원을 가로질러 북쪽 출구에 다다른 한세진은 직사각형으로 자른 화강암들을 잇고 쌓아 만든 단순한 기념비를 보았고 인근 보도블록에서 올라오는 쓰레기 냄새를 맡으며 거기 적힌 이름들을 읽었다. 1950년 6월 26일에서 1953년 7월 27일까지. 브루클린 사람들.•

한세진은 강을 향해 길게 이어진 서쪽 도로를 걸어 브루클린교 아래 이르렀다. 거대한 짐승의 넓적다리뼈처럼 높은 상공에서 도로를 떠받치고 있는 철골 기둥을 보느라 고개를 젖혔다. 올라가볼까, 생각했지만 일단 올라가면 강을 건너야 할 것이고 건너면 다시 건너 돌아올 일이 아득해 강변 쪽으로 발길을 돌렸다. 조금씩 동이 트고 있었다. 이른 시각인데도 강변에 나온 사람들이 있었

• In memory of those Brooklyn heroes who made the supreme sacrifice during the Korean War, June 26, 1950 to July 27, 1953.

다. 혹은 그 자리에서 밤을 새웠거나. 한세진은 강으로 내려가는 넓은 계단에 앉아 크라프트지로 감싼 뭔가를 먹고 있는 노인 곁에 서서 이스트강 건너 맨해튼을, 태어나 한번도 발을 디뎌본 적 없지만 간접적으로 보고 들은 바가 많아 이미 아는 것 같은 그 도시를 바라보았고 마천루들 사이에서 빛줄기 두개가 아직 어두운 대기를 향해 뻗어올라간 것을 보았다. 한세진은 강변에 한시간쯤 앉아 있다가 맨해튼 빌딩들의 유리가 아침 햇빛을 받아 오렌지색으로 물든 무렵에 일어났다. 올 때와는 다른 경로를 택해 숙소로 돌아갔다.

한세진은 방으로 올라갔다가 아침을 먹으러 식당으로 내려갔다. 1층에서 엘리베이터 문이 열리자마자 밀가루와 계란과 계피와 설탕 냄새가 진하게 났다. 투숙객들이 식당에서 그 호텔의 아침 메뉴인 와플을 굽고 있었다. 와플 반죽은 종이죽처럼 회백색을 띠고 있었다. 사람들은 그게 담긴 플라스틱 주전자를 기울여 와플 팬에 붓고 기다렸다가 타이머가 완성을 알리면 겉면이 갈색으로 익은 자기 와플을 스티로폼 접시에 담아 가져갔다. 한세진은 호텔 로비를 가득 채우고 객실에도 희미하게 배어 있으며 방금 감은 자기 머리칼에도 밴 그 달콤한 냄새가 와플 반죽이 익는 냄새라는 걸 알았다. 와플 팬엔 손대지 않고 캔털루프와 포도, 자몽 조각을 접시에 담고 커피를 큰 컵에 따랐다. 대로를 면한 창을 등지고 앉아 아침을 먹고 있을 때 한세진의 일행인 박문일과 문혜리와 이정근이 장거리 비행으로 부은 얼굴을 하고 식당으로 내려왔다. 그들과 합석했다.

오늘 그들은 퀸즈에서 미국 국적의 작가 두명과 대담을 나눌 예정이었다. 조부모가 한국인인 커밍아웃한 소설가와, 시를 쓰고 극본도 쓰며 라디오 디제이로도 활동한다는 에세이스트가 그들의 대담 상대로, 주제는 '평화의 읽기, 저항의 쓰기'였다. 세션을 준비한 스태프들은 한국 작가들이 분단국가이자 세계 유일한 휴전국 당사자로서 평화에 관해 짧게 이야기를 나눈 뒤 2016년 촛불집회에 관해 뭔가 말해주기를 기대하는 것 같았다. 얘기할 것이 너무 많은 주제들인데 질문이 구체적이지 않아 컨트롤이 쉽지 않을 것 같다고 문혜리가 말했고 대담자 구성이 애매하다고 박문일이 말했으며 무슨 주제든 자기가 할 말은 전지구적 미국 자본이 한국 노동시장에 미친 영향과 환경 파괴라고 이정근이 말했다. 저거 좀 봐요. 이정근은 식당 출구 근처에 놓인 플라스틱 쓰레기통 두개를 가리켜 보였다. 걔네 하는 거 봐요. 지름 1미터에 높이가 140센티미터는 넘어 보이는 쓰레기통엔 편리를 고려했는지 뚜껑이 없었고 둘 중 오른쪽엔 RECYCLE이라고 적힌 종이가 붙어 있었지만 투숙객들은 그 안에 입을 닦은 종이 냅킨이나 먹다 남은 음식을 접시째 던져 넣고 있었다.

그들은 우버를 이용해 퀸즈로 이동했다. 도로가 너무 막혀 목적지에서 100미터쯤 떨어진 곳에서 내려 걸었다. 길에 사람이 많아 도보로 이동하는 것도 수월하지는 않았다. 그들은 열기와 매연으로 거무스름하게 시든 납작복숭아를 길가 매대에 쌓아둔 슈퍼마켓 앞에서 길을 건넜다. 껌과 오물이 말라붙은 계단을 올라가 도서관으로 들어갔고 서늘하고 널찍한 로비를 가로지른 뒤 그날 대담 장소인 지하 강당으로 내려갔다. 차례로 도착한 미국 작가들과 인사를 나눈 뒤 한세진과 문혜리와 이정근이 그들과 함께 대담석으로 올라갔다. 50석 정도의 방청석이 마련된 공간이었는데 절반도 차지 않았다. 한세진은 대담 시작을 알리는 사회자의 말을 들으며 대부분 동양인으로 보이는 방청객들 사이에서 노먼을 눈으로 찾고 있는 자신을 발견했다. 노먼이 이제 육십대 노인이 되었을 거라는 생각은 한참 지나서야 했다.

한국전쟁과 분단과 남북한 교류와 북한문학, 북한문학이요? 실은 그것에 관해 잘 모릅니다, 생각해본 적이 없군요, 자료가 있습니까, 듣기로는 세계에서 그것을 가장 활발하게 번역해 가장 많이 가지고 있는 나라가 미국이라고 합니다마는, 한국의 민주화와 국가 폭력과 IMF 이후 노동의 비정규직화가 한국의 창작자들에게 미친 영향, 2016년의 촛불집회와 광장의 경험과 대통령 탄핵은 각자의 장르, 혹은 개별 작업에 어떻게 반영되었는지로 이어진 이야기는 영어와 한국어의 구조로 다시 이어졌고 그것이 다 끝나갈 무렵, 끝으로 서로에게 질문할 것이 있느냐는 사회자의 질문에 대담자들은 흠칫 놀란 채 서로를 두리번거렸고 시시한 질문과 농담에 가까운 대답이 두어개 이어지고 다들 한차례 웃은 뒤 사회자가 방청석에 마지막 질문을 제안했을 때 출구에서 가까운 곳에 앉아 있던 마른 여성이 손을 들었다. 검은 직모를 느슨하게 묶어 한쪽 어깨로 늘어뜨렸고 얼굴은 상기되어 있었다. 그가 말했다.

당신들이 한국에서 온다고 해 내가 여기 왔다 당신들을 만나러.

한시간 반을 여기 앉아 당신들 이야기를 들었는데 한국인 입양아, 한국의 입양아 수출에 대해 말하는 사람이 없다. 당신들은 한시간 반 동인 그것에 관해 한마디노 하지 않았다. 나는 정말 궁금하다.

Why?

–

한세진은 더는 웃고 싶지 않았고 웃는 사람들의 얼굴도 오늘은 그만 보고 싶었다. 숙소로 돌아가고 싶었다. 숙소로 빨리, 돌아가고 싶다고 생각하며 끝없이 인사를 나누는 사람들 곁에 서 있을 때 누군가가 오른쪽 어깨를 톡, 건드렸다. 단발에 눈매가 또렷한 여성이 서 있었다.

그가 웃는 얼굴로 말없이 한세진을 바라보았다. ……미안해, 내가 너를 알아? 한세진이 당황해 묻자 그는 오른손 검지로 자기 가슴을 꾹 눌러 보이며 제이미,라고 말했다. 제이미 카일리.

언니.

제이미는 한세진을 그렇게 불렀다.

한세진은 제이미를 사진으로도 본 적이 없었다. 오로지 노먼의 목소리로만 제이미가 사고를 당했어, 제이미가 수술을 받아야 해, 제이미는 괜찮아, 제이미는 잘 지내, 제이미가 안부를 전해달래, 등등으로 소식과 이름을 전해 들었을 뿐이었다. 한세진이 제이미 카일리를 알아듣자마자 제이미는 어깨를 움츠렸고 입을 다문 채 멋쩍게 웃었다. 한세진이 몹시 놀라며 여기를, 나를 어떻게 찾아냈느냐고 묻자 대수롭지 않다는 듯 구글링,이라고 답했다.

한세진은 일행에게 먼저 자리를 뜨겠다고 알린 뒤 제이미와 퀸즈 거리로 나섰다. 거리는 늦은 오후 햇빛에 노출되어 있었고 미간을 찡그린 채 걷는 행인들로 북적였다. 음식점들은 문을 열어둔 채 중국식 소스 볶는 냄새를 밖으로 내보내고 있었다.

어디 머물고 있어?

브루클린. 호텔.

지금 거기 가는 거야?

모르겠어. 난 이 근처를 몰라. 넌 어디 가고 싶어?

브루클린으로 가. 나 그쪽에 살아.

한세진과 제이미는 좁은 보도를 걷느라고 한걸음씩 앞서거나 뒤서거니 하다가 전철역으로 내려갔다. 콘크리트 벽을 타고 냉매가 흘러내리고 환기구에선 열풍이 불어오는 플랫폼에 서 있다가 녹슨 궤짝 같은 몰골을 한 열차를 타고 브루클린으로 이동했다. 한세진이 묵고 있는 호텔 까페테리아에서 아루굴라 샌드위치와 수란 샐러드와 커피를 주문해 천천히 먹었다. 제이미는 왼쪽 입술을 비스듬하게 올린 채 약간은 자조하듯 웃고 있었고 별다른 말이 없었다. 이제 와 조금 당황한 것처럼도 보였다. 침묵이 길어지면 커피 컵을 쥐고 컵 속을 들여다보며 한모금씩 마셨는데 습진으로 손끝이 부어 있었다. 반차를 내고 여기 있는 것일까? 한세진은 생각했고 아까부터 제이미의 얼굴에 머물고 있는 미소는 실은 미소가 아니고 사고 후유증인지도 모르겠다고 생각했다. 노먼에게 들은 이야기들이 기억났다. 사고를 언급한 짧은 이야기들. 한세진은 플라스틱 포크로 수란을 잘랐다. 그래서, 제이미가 말했다.

한국엔 언제 돌아가?

사흘 뒤.

그렇게 빨리?

그렇게 빨리.

왜?

여자친구가 병원에 있어.

오, 하고 제이미가 고개를 끄덕였다.

그녀는 괜찮아?

그녀는 좋아, 괜찮지는 않아, 하지만 좋아.

매일 지는 것 같아, 하고 하미영은 말했다. 나쁜 걸 나쁘다고 말하고 싶을 뿐인데 애를 써야 하고, 애쓸수록 형편없이 지고 있다는 느낌이 들어. 한세진은 아무런 맛도 나지 않는 수란을 삼켰다. 제이미는 쿠퍼 유니언에서 학비를 지원받아 건축을 공부하고 있다고 말했다. 졸업하면 뉴욕에서 좋은 일자리를 얻을 수 있을 거야. 지금은 저지시티에 살아. 작은 방, 룸메이트랑 같이 방세를 내고 있어. 저지시티? 맨해튼 건너, 허드슨강 너머. 제이미는 엄지를 들어 어깨 뒤편을 가리켜보였다. 그쪽에 강이 있는 거라고 한세진은 짐작했다. 새벽에 강변으로 산책을 다녀왔는데 맨해튼 상공에 두줄기 빛이 올라가고 있더라고 한세진은 말했다. 제이미는 고개를 끄덕이며 들은 뒤 트리뷰트 인 라이트Tribute in Light일 거라고 말했다. 내일이 9월 11일이니까.

아, 하고 한세진은 고개를 끄덕였다.

제이미는 빈 커피 컵을 탁자에 내려두고 생각에 잠겨 있다가 브루클린교로 강을 건너 맨해튼에 가보았느냐고 물었다. 한세진이 아직,이라고 답하자 지금 가보겠느냐고 다시 물었다. 왕복 두시간쯤, 걸을 수 있겠느냐고. 물론, 하고 한세진은 답했다.

걸을 수 있어.

그들은 새벽에 한세진이 나선 산책 길과는 반대 방향으로 호텔을 나섰고 도로 한가운데로 난 보행로를 통해 브루클린교까지 걸었다. 강 방향으로 구부러지자 이스트강 위로 솟은 석재 교각이 보였다. 교각이 가까워질수록, 차도와 같은 높이였던 보행로는 서서히 높아져 브루클린교 2층 보행로와 연결되었다. 사람이 다니는 길과 자전거가 다니는 길을 표시하고 있는 흰색 페인트는 사람들의 발에 밟히거나 자전거 바퀴에 쓸려 거의 지워졌고 사람들은 사실 왼쪽과 오른쪽을 구분하지 않고 뒤섞인 채 강을 건너고 있었다.

이거 정말 이상하네.

뭐가?

그냥, 미안해, 그런데 이상해.

이거, 지금, 하고 제이미는 말했고 그래, 하고 한세진은 대답했다.

한국에 안나와 똑같이 생긴 사람이 있다고 노먼이 말하곤 했다고 제이미는 말했다. 한세진은 안나라는 이름이 윤부경의 미국 이름이라는 걸 알아챘다. 안나 할머니는 내가 어릴 때 죽었지. 난 사실 내 할머니를 잘 몰라. 이야기를 들었지. 이야기 몇가지를. 노먼은 말이 정말 없는 사람인데 안나 할머니가 서울에서 순자를, 그래 너의 엄마 말이야, 순자를 만난 날은 몇번이나 얘기했어. 그냥 갑자기 그 이야기를 시작하곤 했어. 나는 그 이야기를 여러번 들었어. 그래서 너를 벌써 여러번 만난 것 같아. 오늘 처음 봤는데 네가 익숙해서, 어색해.

그래, 하고 한세진은 대답했다. 나도 그래. 나도 네가 그렇다.

자전거 한대가 한세진의 곁을 지나갔고 한세진이 제이미 쪽으로 반걸음 옮기자 제이미도 반걸음 옮겨 걸었다. 바닥에 깔린 널빤지 사이로 아래쪽 도로를 빠른 속도로 오가는 차들이 내려다보였다. 바다와 접한 강 바람에 도로에서 올라오는 매연이 뒤섞여 공기가 매캐하고 습했다. 한세진은 가슴 위쪽이 답답했다. 산소가 부족하다고 느꼈다. 천천히 걸었다. 저쪽에 크라이슬러 빌딩이 있다고 제이미가 말했다. 한세진은 제이미가 가리키는 방향에서 어렵지 않게 그 빌딩을 찾아냈다. 주변 빌딩들이 너무 거대해 오히려 왜소하고 섬세해 보이는 첨탑이 이제 거의 저문 해의 잔광을 받아 반짝이고 있었다. 크라이슬러 빌딩은 쿠퍼 유니언의 자산이고 몇년 전까지만 해도 저 빌딩에서 발생하는 임대료 수입으로 학교가 학생들의 학비를 전액 지원했다고 제이미는 말했다.

지금은 그렇지 않아?

지금은 그렇지는 않아.

그들은 브루클린교를 다 걸어 맨해튼에 당도했고 시청 쪽으로 방향을 잡아 걸었다. 브로드웨이를 건너 십분쯤 걸은 뒤 아직 어린 갈참나무들이 일정한 간격으로 심긴 광장으로 들어서자 폭포 소리가 들려왔다. 한세진은 많은 물이 떨어지는 소리를 향해 걸어갔고 거기서 두개의 거대한 풀pool을 보았다.

사우스 풀South Pool과 노스 풀North Pool.

풀 가장자리를 두른 넓은 금속 난간은 이름들로 구멍 나 있었다. 한세진은 선글라스를 쓴 사람들이 장미를 이름에 꽂은 뒤 기도하는 모습을 보고 있다가 난간을 향해 다가갔다. 이미 많은 이름에 희거나 붉거나 노란 장미가 꽂혀 있었다. 난간 아래 고인 물이 깊은 벽을 타고 풀 바닥으로 떨어졌다가 가운데 뚫린 거대한 구멍을 통해 다시 어딘가로 떨어지고 있었다. 한세진이 선 자리에서는 그 구멍이 어디까지 이어졌는지, 바닥이 어디인지 보이지 않았다. 풀 가장자리에 선 사람이 어느 자리에 있든

키가 얼마나 크든 그것은 누구에게나 마찬가지인 것 같았다.

처음에 한세진은 풀pool이라기보다는 워터폴waterfall이라고 생각했다가 이것은 풀이라고 고쳐 생각했다. 이 구조물을 설계한 사람은 끝없이 물이 흘러내려도 채워지지 않는 이 영원한 구멍을 모두가 영원히 목격하게 만들겠다는 결심을 한 거라고. 그러므로 그것은 풀이었다. 수천수만 톤의 물로도 채워지지 않는, 억겁의 시간으로도 완성되지 않는, 고요해지지 않는.

누구도 그 바닥을 모르고, 알 수는 없는.

명품 도시, 하고 하미영은 말했지, 하고 한세진은 생각했다.

안산에 생명안전공원을 만드는 데 반대하는 사람들을 설득하기 위해 제작된 홍보 영상물에서, 내레이터가 그렇게 말하더라고. 부드럽고 밝은 색조와 천천히 숨을 쉬는 것처럼 편안한 리듬으로 전개되는 그 영상에서 낮고 차분한 음성으로 생명안전공원을 설명하는 그 여성의 목소리를 하미영은 어디선가 이미 들은 것 같았다고. 그가 생명안전공원이 인근 부동산 가격을 하락시키는 혐오시설인 납골당이 아닌, 도시를 이롭게 하는 시설이라고 설명하면서 이 공원으로 우리 도시가 명품 도시로 거듭날 수 있을 거라는 말을 했다고.

명품 도시.

그 말을 발음한 전후에 그는 울었을 거라고 하미영은 말했다.

그런 말을 하게 만들었어.

용서할 수가 없어.

–

다음에 노먼과, 하고 한세진은 말했다.

다음엔 노먼과 같이 한국에 와.

제이미는 웃으면서 천천히 고개를 끄덕였고 그다음엔 가로저으면서, 노먼은 이제 한국에 가지 않을 거야, 하고 말했다.

언니.

양색시라는 말을 알아?

노먼은 한인 커뮤니티가 있는 지역에서 어린 시절을 보냈다고 제이미는 말했다. 그 지역 한인들 사이에서 안나는 그런 소문을 듣고 살았어. 한국에서 양색시였을 거라고, 그렇지 않다면 영어 한마디 제대로 할 줄 모르는 저런 여성이 한국에 주둔했던 미군과 어디서 어떻게 만났겠느냐고. 나는 그들이 안나를 생각하는 방식엔 상당한 콤플렉스가 있었다고 생각해. 그들은 안나가 자기들 신경을 긁는다고 생각했겠지만 나는 그들을 괴롭힌 건 모국에 관한 자기들 생각이라고 생각해. 그들은 안나 때문에, 저런 여자 때문에 진짜-미국인 이웃들에게 자기들이 어떻게 보이는지를 걱정했는지도 몰라. 자기들보다 쉬운 조건에서 이민생활을 시작했다고 짐작하면서 질투했는지도 모르지. 안나는 그 지역 사람들과 잘 어울리지 못했어. 하지만 노먼은 그 사람들의 아이들과 어울려 놀았고 그러다 그 말을 들었대. 니 엄마 양갈보, 양색시. 한국어로. 노먼이 집에 돌아와 안나에게 물었대. 양갈보, 양색시, 그게 무슨 뜻이냐고. 노먼과 안나는 그 일로 그 아이들의 부모들이 그런 이야기를 한다는 걸 알았어. 노먼은 주말에 교회에서 만나는 어른들이 안나에 대해, 자기 엄마에 대해 그런 이야기를 한다는 걸 안 거야.

노먼은 한국을 좋아하지 않아.

한국어를 좋아하지 않고 한국인을 좋아하지 않아.

캐서린, 내 어머니 말에 따르면, 노먼은 안나와도 잘 지내지 못했다고 해. 노먼은 누구와도 그랬고 지금도 그래. 사람들과 잘 지내지 못해. 캐서린과도 오래전에 헤어졌지. 노먼이 말을 거의 하지 않는다고 내가 말했나? 노먼은 말이 없어. 나이를 먹을수록 말하는 것 자체가 어렵고 곤혹스러운가봐.

지지난해 여름에 노먼을 보러 갔을 때 나는 노먼이 아이스크림 가게 점원에게 레몬 셔벗 한 스쿱을 달라고 말하지 못해 땀을 흘리고 있는 모습을 봤어. 그래서 나는 놀랐어. 노먼이 내게 전화해서 언니, 네가 뉴욕에 올 거라고, 너를 만나보라고 말해서. 나는 궁금해. 너와 통화할 때 노먼은 뭐라고 해?

노먼이 한국어를 할 수 있다는 걸 알고 있어?

나는 어릴 때부터 그걸 알고 있었어. 노먼이 한국어를

알아듣는다는 걸 깨달은 순간이 몇번 있었거든. 나는 노먼이 한국어를 안다는 걸 알아. 그게 노먼의 모어母語니까. 안나가 노먼을 갓난아기 때부터 달래고 재웠을 테니까 한국어로. 그래 언니, 노먼은 한국어를 할 수 있다. 하지만 노먼은 한국어로 말하지 않아. 나는 한국어를 할 수 있어. 아주 조금이지만, 나는 한국어를 할 수 있다. 노먼이 가르쳐준 게 아니야. 내가 배웠어 한국어를 어른이 된 뒤에. 캐서린에게 안나의 이야기를 듣고. 안나가 캐서린에게 해준 이야기를 듣고.

나는 생각해.

양갈보, 양색시.

노먼은 그 말을 한 사람들을 용서할 수가 없어서 그들이 사용하는 말 자체를 용서하지 않기로 한 거야. 안나를 고립시키고 무시하고 경멸한 그들과, 그들의 언어를. 하지만 나는 그것이 아주 강한 동조였다고 생각해. 안나를 양갈보라고 부른 그 사람들과 말이야. 그는 안나의 언어를, 자기 모어를 경멸 속에 내버려둔 거야.

내가 어릴 때 노먼은 한국에 안나와 똑같이 생긴 사람

이 있다고 말하곤 했어. 안나가 거기서 살았다면 다르게 살았을 거라고, 안나는 한국에서 덜 외롭고 더 행복하게 살았을지 모른다고 노먼은 말했지만 나는 그렇게 생각하지 않아. 안나는 안나의 삶을 살았어, 여기서.

매트 카일리, 노먼의 아버지가 말이야, 바람기가 있었어. 안나가 어떻게 했는지 들었어? 부대로 찾아가 매트의 상관을 만났대. 그의 가슴을 손가락으로 찌르면서 당신, 당신이 부하를 제대로 관리하지 못해 내 가정이, 내 가족이 망가진다, 당신이 당신의 일을 제대로 하지 않아서,라고 말했대. 문법에 맞지 않는 영어로, 한국어로 욕을 섞어가면서. 캐서린은 그 이야기를 내게 들려주면서 하하 웃었어. 안나가 뭘 좀 안 거지, 하면서. 매트 같은 남자가 정말 말을 듣게 하려면 어디를 찔러야 하는지를 제대로 알고 있었던 거라고 말이야.

–

허드슨강을 건너 저지시티로 가야 하는 제이미를 보낸

뒤 한세진은 혼자 브루클린교를 넘어갔다. 잡화점에 들러 마실 것으로 물을 샀고 납작복숭아를 발견하고 그것도 사서 숙소로 돌아왔다. 호텔 근처 칵테일 바에 있다는, 생각 있으면 건너오라는 일행의 메시지가 와 있었다. 그리고 하미영과 한세진이 집을 비운 동안 고양이를 돌봐주고 있는 사람이 찍어 보낸 오늘의 고양이 사진 몇 장. 한세진은 제이미가 저지시티로 잘 돌아갔는지, 뭔가 메시지를 보내지는 않았는지 궁금했는데 번호를 주고받을 때 제이미가 보낸 'hi!'라는 메시지 이후로 새로 도착한 것이 없었다. 한세진은 한국으로 전화를 걸어 하미영을 바꿔달라고 말했다. 오늘 어땠느냐고 하미영이 물었고 한세진은 오늘 퀸즈에서 평생 잊지 못할 부끄러운 질문을 받았고, 무지를 사과했다고, 제이미를, 먼 친척을 만났다고, 그와 산책했고, 제이미는 많이 컸고, 나보다 키가 컸으며, 나를 언니라고 불렀다고, 제이미는 그게 내 이름인 것처럼 언니Unnie, 하고 불렀다고 말했다.
하미영은 그 말을 생각해보는 것 같았다.
내일은 뭐 해?
내일도 일이 있지. 맨해튼에 가. 맨해튼 밸리에서 더 위쪽으로. 지도로 봤는데, 거기 어디쯤에 헬스 키친Hell's Kitchen이 있어. 헬스 키친이라는 데가 있더라고 정말.

맙소사, 하고 하미영은 말했다.

사진 많이 찍어 와.

그래.

조심하고.

그래.

잘 자.

한세진은 전화를 끊고 욕실로 갔다. 세면대에 물을 틀고 물줄기에 대고 납작복숭아를 두 손으로 비벼 씻은 뒤 그 자리에 선 채로 먹었다. 납작복숭아는 즙이 많고 적당히 말랑해 얼마든지 먹을 수 있을 것 같았다. 한세진은 배가 부를 때까지 복숭아를 먹고 씨를 모아 욕실 세면대 아래 있는 쓰레기통에 버린 뒤 샤워 부스로 들어갔다. 머리를 감고 몸을 닦고 이를 닦고. 머리가 어느정도 마를 때까지 객실 창가에 앉아 있다가 베개를 두드려 부풀리고 침대에 누웠다. 이를 닦고도 입에 남은 복숭아 맛을 느끼며 눈을 감고 잠이 오기를 기다렸다. 옆 객실에서 누군가가 텔레비전을 켰다. 브루클린, 코니, 스태튼,

맨해튼, 저지시티.

안나는 안나의 삶을 여기서.

「다가오는 것들」에 등장하는 두 인물, 파비앵과 나탈리는 선생과 제자로 만났다가 지적 동료로 우정을 이어가지만 화해할 수 없는 가치관 때문에 종종 말다툼을 벌인다. 하미영은 이 영화의 포스터가 사람들을 속인다고 말하곤 했다. 본래 포스터에선 나란히 걷고 있되 각자 생각에 잠겨 전혀 다른 방향을 보고 있는 두 사람이 한국 포스터에선 부드럽게 웃는 얼굴로 서로를 보고 있다. 파비앵은 검은 반바지와 구겨진 셔츠 차림에 슬립온 슈즈를 신고 나탈리의 왼쪽 어깨에 손을 올린 채 이제 막 키스를 하려는 것처럼 얼굴을 내밀고 있다. 나탈리도 파비앵을 향해 얼굴을 내밀고 있다. 두 사람은 이제 막 기차역에서 재회한 연인처럼 보이지만 이 재회의 목적은 나탈리가 들고 있는 라탄 바구니에 있으며 둘은 연인 관계가 아니다. 이 포스터를 영화의 첫인상으로 간직한 사람들은 두 사람 사이의 로맨스를 기대할지도 모르겠으나 그런 것은 없다. 둘은 사랑에 빠지지 않는다. 그것이 그 영화에서 자기가 가장 좋아하는 점이라고 하미영은 말했다.

「다가오는 것들」에서 유일하게 로맨스를 경험하는 사람은 나탈리의 남편이었던 하인츠로 그는 영화 초반에 새로운 사랑을 만났다며 나탈리와의 결혼생활을 끝내고 자기 짐을 챙겨 나간다. 공유하던 책들까지 그가 멋대로 가져간 것을 알고 나탈리는 분노한다. 하지만 나탈리는 바쁘지. 나탈리는 바빠. 영화 후반에 하인츠가 만찬을 준비하는 나탈리의 부엌에 나타날 때에도 나탈리는 바쁘다. 나탈리는 너무 바빠서 하인츠를 용서한 것처럼도 보이지만 하인츠가 외로움을 호소하며 만찬 자리에 자기도 앉기를 바라자 질색하며 거절한다.
미아 한센뢰베는「다가오는 것들」에서 로맨스와 화해에 관한 기대를, 그것을 기대하는 사람들을 적절하게 실망시키는데, 그게 정말 좋다고 하미영은 말했다.

하미영이 옳다고 한세진은 생각했다.
그렇게 하지 않아도 삶은 지나간다 바쁘게.
나탈리는 바쁘게.
울고 실망하고 환멸하고 분노하면서, 다시 말해 사랑하면서.

그것이 나탈리를 향해 다가오니까.

다가오니까, 하고 하미영은 말했다.

| 작가의 말 |

사는 동안 순자,라는 이름을 가진 사람을 자주 만났다.
순자가 왜 이렇게 많을까?
이 책은 그 질문에서 시작되었다.

「무명無名」은 1946년생 순자씨의 피란 이야기를 듣고 썼다.
순자씨를 인터뷰하는 과정에서 순자씨와 나는
순자씨의 이야기가 전부 끊어져 있다는 걸 알았다.
목적어가 자주 사라졌고 시간과 공간이 뒤섞였으며
다섯마디 이상으로 말이 이어진 적이 거의 없었다.
순자씨는 매번 숨을 몰아쉬는 것처럼 말 몇마디를 내게
던졌고 그런 다음엔
자주 말문이 막혀 나를 바라보기만 했다.

「무명無名」을 쓰면서 이 소설을 순자씨가 말하는 방식으로 써야 한다고 생각한 시기가 있었다.
그러나 노력에 그쳤고
그 노력의 일부를 소설에 남겨두었다.

『연년세세年年歲歲』를 쓰는 동안 내게 일어난 일들을 잊지 않겠다.
각각의 소설을 쓸 때마다
소설이 할 수 있는 방법으로 한 삶을 살다 나왔고 나는 그게 경이로우면서도 두려웠다.

사람들은 이 이야기를 가족 이야기로 읽을까?
그게 궁금한 적이 있었고 실은 지금도 궁금하다.
누구에게 어떤 이야기로 읽히건, 누군가에게는 필요한 이야기이기를 바란다.

이야기를 들려준 순자씨와
중요한 조언을 해주고 마지막까지 응원해준 김선영 선

생님과
여전히 안부가 궁금한 사람들, 그리고 언제고 이 책을
읽을 사람들 모두에게
인사와 감사를 전한다.

모두
건강하시기를.

2020년
황정은

| 수록작품 발표지면 |

파묘破墓 …… 『창작과비평』 2019년 봄호

하고 싶은 말 …… 『자음과모음』 2019년 가을호
(「年年歲歲 1: 하고 싶은 말」로 발표)

무명無名 …… 미발표작

다가오는 것들 …… 미발표작

황정은 黃貞殷

2005년 경향신문 신춘문예로 작품활동을 시작했다. 소설집 『일곱시 삼십이분 코끼리열차』 『파씨의 입문』 『아무도 아닌』, 장편소설 『百의 그림자』 『야만적인 앨리스씨』 『계속해보겠습니다』, 연작소설 『디디의 우산』 등을 썼다. 만해문학상, 신동엽문학상, 한국일보문학상, 이효석문학상, 대산문학상, 김유정문학상, 오늘의 젊은 예술가상, 젊은작가상 대상 등을 수상했다.

연년세세 年年歲歲

초판 1쇄 발행 • 2020년 9월 18일
초판 13쇄 발행 • 2024년 8월 12일

지은이 / 황정은
펴낸이 / 염종선
책임편집 / 김선영
조판 / 한향림
펴낸곳 / (주)창비
등록 / 1986년 8월 5일 제85호
주소 / 10881 경기도 파주시 회동길 184
전화 / 031-955-3333
팩시밀리 / 영업 031-955-3399 · 편집 031-955-3400
홈페이지 / www.changbi.com
전자우편 / lit@changbi.com

ISBN 978-89-364-3444-1 03810